宇宙无边界，生命如尘埃，
可那我就在我怀里，这个小生命
就在我怀里。

目 录

到　来

　　二〇〇三年十一月，一条小狗进入了我的生活。她是一条黄色的混血小母狗，俗话小串儿，有个非常普通的名字：乖乖。这名字不是我起的，是我拥有她之前别人给她起的。我多想自己给狗狗起名字呀，可惜没有这个机会。后来的事实却证明没什么可遗憾的，因为我发现无论给狗狗起个多时髦多好玩儿的名字，一张口我还是会叫她乖乖，会说：乖，真乖，乖乖的，我的乖乖，表达心里的欢喜、爱、控制和占有。这是我们中国人的语言习惯，就这么简单。

正如这平凡的名字，乖乖的一生也很平凡，我之所以敢说一生，因为她已经在世上度过了十五年的岁月，如果换成人，应该是个九十多岁的老太了。此时这位小老太正蜷在自己的窝里眯着，所谓眯着就是闭着眼歇息，偶尔眼睛微微睁开，瞭一瞭周遭的世界：嗯，不错，都还在。

六月了，天开始热起来，家里有两个地方是乖乖喜欢待的，一处是厕所，白天家里光线最暗的地方，我把她的窝放在厕所门旁；另一处是柜子底下，四条腿的柜子摆在墙角，底部空间低矮，她俯下身钻进去，顺势趴下，安稳地睡大觉。醒着的时候她会在屋里溜达，爪子在地板上发出细小的"哒哒哒"的声音，在我听来十分美妙。

看，我已经开始写她，写我的狗儿了。之前我一直很犹豫，最大的担心是能不能写完，如果有一天乖乖走了，我还有勇气写下去吗？坦白地说我不知道，难以想象，也不愿去想。有时另一种想法占上风：写吧写吧，提前忧虑很愚蠢，你活在当下，不是吗？

是，当然。

那么就从乖乖的到来说起。二〇〇三年八月我先生查出肠癌，手术之后医生告诉我已经肝转移，肝上的肿块摸上去像很多小枣，即便已经过去十几年，回想医生的话生理上仍然有难受的反应。当时我先生并不知道真实情况，因为我决定瞒着他。面对如此重大的问题可以有完全不同的方式对待，我选择了说谎。是深思熟虑的谎言吗？不，这种谎言用不着深思熟虑，凭的是本能。正确的做法是什么我不知道，我认为当事人和旁观者是两个世界，谁也没有资格评价谁的对错。这样的选择让我变成两面人，表面正常，内心绝望，和多年的老朋友通电话时我不由冲口而出："我都不知道怎么活下去。"电话那头一时没有声音，大概是不知道怎么安慰吧，几秒钟之后听到一句："要不你养条狗吧。"

狗?! 朋友说的是狗吗？狗能干什么，有什么用？我几乎不懂，不明白。然而下一刻的感觉简直不可思议，将是终生的谜团，我的感觉是，哦，天哪，我得救啦！无法解释也好，难以想象也好，愚蠢、不可理喻也好，事情就是这样发生了。

上世纪七十年代初北京城里盖了一批简易楼，一九七六年唐山大地震之后这些小砖楼都用钢筋加固了，我和朋友老B要去的就是胡同深处一座简易的红砖楼。胡同很窄，我小心开车，停车，在老B的带领下走进楼门，爬上四楼，敲门。门一开克林顿就狂叫着蹿上来，一身黑白的卷毛，简直就是个跳高冠军，每一跳都跳得和我的肩膀一样高，一刻不停地跳呀跳，我被吓住，不知所措。男主人费了一番力气才把他抱到手里，为他的克林顿解释："他不咬人，是要和你亲热。"老B和男主人是发小，直截了当地问："狗呢？"

男女主人一起向屋内转身，呼唤："乖乖！乖乖……出来，快出来！乖乖！！"他家不大，只有两小间，女主人四下找，边找边说："这狗胆儿特小，老藏着，什么都怕，特怕克林顿。"终于从床底下露出一个小脑袋，狐狸似的小尖脸，眼睛很大，闪着湿润的光，女主人飞快出手，一把揪住她，抱起来给我看。我看不出所以然，一只小黄狗，黑鼻头黑嘴巴，毛茸茸的。女主人介绍情况：这乖乖是别人家的儿子弄回去的，不知道她的爹妈是谁，听朋友说我要养狗，就从那家把她弄来了。那家已经养了两只狗，不想再多养，但如果我不要，他们就把她再送回去。

"你抱抱。"女主人跟我说，我微显迟疑，说实话有点怕。老 B 伸手把狗接过去，只用一只巴掌就托住了，小狗在他手上发抖。"看哆嗦的，别提多胆儿小了，"女主人笑道，"昨晚上在我床上睡的，可不把自己当外人儿呢。"

看着这只喘气哆嗦的小生命，我弄不清心里怎么想，要接过她，把她带回家，从此一切由我负责了，我行吗？我不能确定，感觉到压力，也许我不行。是的，我不行。又待了一会儿，我和老 B 向他的朋友告辞，没有带走乖乖。

曾经我和狗有过一次接触。那是一九六九年，我十六岁，被发配到吉林省扶余县插队。今天的年轻人一定不懂插队是什么意思，最简单明了的解释就是：不让学生再上学了，把城市里的学生们都弄到农村去当农民，山西、陕西、吉林、内蒙古，在数不清的村村落落里，由几个十几岁的少男少女组成一户，叫作集体户，天不亮下地干活，太阳落山收工，挣工分养活自己。回想那时的我们就像一群小兽，在严酷的环境中感受着……对，自由，一种彻底的自生自灭式的自由。

当然我要说的不是插队，是狗。有几天我们集体户里出现了一条狗，是男生不知道从哪儿弄来的，黄毛，个子不大不小，他们叫他赛虎。村子里没有人家养狗，原因很简单，因为没的吃。我们这些城里来的知识青年第一年的口粮国家供给，不愁饿肚子。每个月嘎嘎悠悠赶着马车，去公社把口粮拉回来，有玉米面就做贴饼子，有小米就熬小米粥，馋急了就拿衣服换鸡蛋，四十个鸡蛋炒一大盆，去他的明天。记忆深刻的一次，傍晚收工回来，一进门只见屋里十多只鸡正四处溜达着找吃的，这很正常，不光鸡，村里的老乡也时常来我们屋里溜达，找能拿的东西，这时就听身后"咣当"一声响，回头看屋门已经被关上，一个男生抄起靠在门后的扁担，另一个抡起手上的锄头，"乒

6

乒乓乓""喊里咣啷"，一霎时我都傻了，两秒钟后心头涌起一阵狂喜，哦！哦！哦！旋风般的混乱中六只鸡死在扁担、锄头之下，其他几只噼里扑噜挣命地从窗子飞出去。在此我只想说，那天晚上喝的鸡汤是我这辈子喝过的最鲜美的。

　　当然我也不是要说鸡汤，我要说狗。有天我站在屋门口，手里拿着一个馒头在吃，赛虎凑过来，我随手把手里的馒头喂了他半个。用馒头喂狗实在太奢侈，因为我们只有很少的一点儿白面，可我连想都没想。那一定是赛虎一生中唯一一次吃馒头，没想到世上还有这么好吃的东西，他立刻决定喜欢我。又一天我想到村外走走，随口叫了声："赛虎！"他就跟上来了。我走出村头，走进林带，一道道林带分割着东北广袤的田野，林带里排列整齐的杨树笔直粗壮，一棵挨着一棵，遮天蔽日，地上野草丛生。赛虎跟在我后面，有一条狗在身边的感觉有点新奇，我并不明白他干吗要跟随我。我漫无目的地游荡，走哇走，走出幽暗的林带，来到路上，坑坑洼洼的土路沿林带延伸，另一边是庄稼地，秋后庄稼已经收了，田野平展展伸向天边，那么辽阔。像是被什么力量吸引，我离开土路走进田里，脚下的土地软绵绵的，刚走了几步，突然间一个影子从我身后蹿出，吓我一大跳，是赛虎！

就在我惊吓的瞬间，赛虎已经变小了，飞速变得更小，很快就彻底从视线里消失，消失在远方。他不见了！就这么不见了。天哪，我不懂，发生了什么？我对狗全无了解，不了解他们心里的欢悦，不了解他们表达欢悦的方式，只是傻愣愣地站着，满心惊诧，他看见什么东西了吗？他要去哪个地方吗？还没等我缓过神来，在赛虎消失的方向出现了一个小黑点，一开始我还怀疑我的视力，但是，不，视力没问题，那东西正在变大，越来越大，跃动着，带着一股不顾一切的力量冲向我，是的，是赛虎！他回来了！田间的泥土被他向前狂奔的爪子刨起一溜烟尘，我感到害怕，很怕，他要干什么，他会干什么？但那个时候不可能有别的选择，做什么都来不及，只能一动不动原地站立。我就是那么做的。我站立不动，赛虎已经冲过来，猛冲到我面前，然后就围着我拼命地跳跃啊跳跃，打转啊打转……

哦，回想起那个场面我不由难过，我怎么一点不懂他，他是高兴，是激动，他在说：你，就是你！我是多么多么喜欢你啊！没过几天赛虎就从集体户里消失了，据说男生把他卖了。说实话现在我已经想不起赛虎的模样，就是一条黄毛土狗，可我真想念你，赛虎，在你后来的日子里会不会还记得我，记得那半个馒头呢。

我们下了楼，走出楼门，车就停在胡同里，我默默走向汽车，打开车门，坐进驾驶座，老B坐到另一边，"嘭"地关上车门，我却没有发动汽车。

"走呀，怎么了？"他问。

我明明知道自己这样的犹豫不决会让人厌烦，可情况已经是这样了，没有办法。"我想养，还是想养。"我一咬牙把话说出口，就是这一句话决定了乖乖和我的命运。

我们在车里又坐了一会儿，大约两三分钟吧，老B让我再想想。我想了吗？想了什么？其实什么也没想，没有什么可想的。思考当然很重要，但思考绝非万能，这么说吧，思考的作用大多限于理性范围，还有一个词"缘分"，现在被用得太滥，甚至用来解释一切，在这儿我不想用它。我要说：直觉。直觉是一种说不清的感觉，是人的身体、经历、经验在瞬间汇聚起来的能量，可以轻易越过思考的环节，在很多情况下是直觉替人下决心，做出选择。于是我们又下了车，又爬上四楼，再敲门，进屋，这次抱走了乖乖。那是二〇〇三年十一月二十四号，这个日子我一直记得，两个月的乖乖，那么小，在朋友的一只手掌里，对自己肩负的使命浑然无知，那就是拯救我。

　　开车出胡同，我们去了一家宠物店，买了狗窝、狗粮，随后我把老 B 送回家，自己开车回家。老 B 下车之后乖乖就不见了，不知道藏到哪儿去了，我开着车顾不上她，等回家停下车找，真邪门儿，没有，跳车绝不可能，那么能上哪儿呢？天哪，她竟然钻到车座底下，多么窄的缝隙，黑黢黢的，无论怎么叫也叫不出来，我不敢伸手去拽她，只好上楼把在家休养的先生叫下来，他顺利地抱起乖乖，我跟在他身后端着狗窝，我们回家了。

生命契约

一个带拐角的窗子，窗前摆着一张双人沙发，天气晴朗的午后沙发上满铺着阳光，看上去真舒服。我喜欢躺在那儿看书、看 iPad 或眯一小觉，当然不是独自一人，总有乖乖。只要我躺下她就来了，轻盈一跃跳上身，我赶紧挪动身子在我和沙发背之间让出缝隙，有点挤，可她就喜欢那种被挤着的感觉，我也一样，喜欢和她挤着。无数午后时光我们俩都这样默契地度过，多么美满，以至于我有时会叨念出声："谢谢，谢谢你，为了你的赐予。"这个"你"并不具体，不是乖乖，也不知道是谁，可我觉得他存在。

　　让时光倒流，回到二〇〇三年。那天我先生抱着乖乖进了家门，弯身把她放到地板上，面对一个完全陌生的环境，这胆小的小家伙立刻就想钻到沙发底下去，可缝隙实在太窄，失败了。毕竟是条狗，很快就像一只小狗的样子四下转悠起来，东闻西闻，接着就在我眼皮子底下，小屁股一沉，尿了一泡尿。我惊叫："呀，她尿尿啦！"想不到这只是我一系列崩溃的开始。

　　第一个夜晚我把乖乖关在厕所里，在台子上放个小收音机，音量低低地开着，这办法是我从书上看到的，目的是让小狗不感觉孤单害怕。事实证明毫无用处。小狗奶里奶气的叫声持续不断，一分钟也不停。我几次从床上爬起来去厕所看她，只要我露面她就不叫，只要我离开叫声立即开始。到头来还是我先生把她抱到他睡觉的房间，关上门，于是一夜安静。

　　回想当年的情景，一个疑问冒出来，乖乖的出现对我
先生意味着什么。我，一个惯于质疑的人，怎么会忽略了
这个问题。答案是当时我们根本没有就此谈论过，我说咱
们养条狗吧，他没意见，同意。可，事情真的如此简单？
我记得黑格尔说过一句话：人的行为动机只有两种，要么
出于爱，要么出于恐惧。没错，恐惧。我很恐惧，养狗是
否是为了和恐惧对抗？那他呢？他应该比我更怕。在人
生如此重大的关口，恐惧让两个人做出相同的选择——逃
避，而不是坦诚相见。我们不需要谈论养狗的问题，为什
么养，养还是不养，我们宁可谈别的，谈晚上吃什么，谈
他的大便是否正常，乖乖又尿了，真糟糕……

　　为此我后悔吗？经历了这一切，我对生活有了更清醒
的认识，那就是没有什么可后悔的。事情既然发生了，那
就是必然要发生，后悔又有什么意义，不如换另一个词：
接受教训。小孩儿用手去摸火，被烫，以后再也不去摸了，
头脑和身体自然会做出明智的选择。即便如此并不意味着
我再也不逃避，有时候人并不是想逃避，只是不知道如何
应对。然而有一点可以肯定，我不会被一些念头折磨：如

果我不那样做，如果我这样做，如果我不那样说，如果我
这样说……对不起，没有如果。

　　就这样，一个活生生的小东西出现了，在家里走来走
去，神出鬼没，种种需求、问题跟随她同时出现，而我完
完全全没有预见。现在我当然认为养狗是我人生中最好的
事，然而在那特殊的艰难时期我为自己带回家的不是一条
狗，比一条狗复杂千百倍，有爱，有安慰，有麻烦，更有
可怕的混乱和崩溃。

　　首要问题是屎尿。朋友建议不遛狗，教狗在家里固定
的地方拉撒。办法一，只要看到地上有狗狗的尿，马上用
报纸沾湿尿液，引导她到厕所，把带尿的报纸放在厕所，
告诉她这里是她撒尿的地方。办法二，只要她在厕所里尿
了，立刻用食物奖励。我严格按照办法一做，只要发现乖
乖尿了，赶紧用报纸引导她去厕所，一次又一次再一次。
说到办法二，奖励，拉倒吧，从来没有机会，她就没在厕
所里尿过。现实很快就把我弄疯了。地板上随时会发现水
汪汪一摊，有时候已经干了，像一片亮亮的胶水，有时干

脆成了难以发现的痕迹，渗入地板缝，留下腺味，挑衅着我的嗅觉、神经。每当我闻到或自以为闻到那股味儿，心里就冒火，火气越来越大，最终难以抑制，失控。我大喊，咒骂，四下里找报纸，书上说狗的脑门儿是身体最硬的部分，不怕打，我用报纸卷儿"噼噼啪啪"猛打，模样凶狠万状，乖乖惶恐地逃窜，我疯狂追逐，她钻到沙发后面，长沙发很重，凭一股蛮力我挪动沙发，抓住她，对她咆哮。到后来每一泡尿都会让我暴怒，家里的空气充满了火药味。一次她把花盆里的土刨了一地，我搬起花盆砸到地上，花盆碎了。完了，完蛋了。

以上叙述没有丝毫夸张，绝对真实。但是怪谁呢？怪乖乖吗？还是怪我缺乏耐心？要知道有个魔鬼正盯着我们，一步步逼近，准备扑上来，在他面前我既脆弱又无能，还很愚蠢。现在我看得很明白，同样的境遇放到今天我会表现得好些吗？我希望，但不敢说。

去电器城买回一台电视机，放到我先生床对面，帮他分散注意力，耗时间。晚上他看着看着电视就睡着了，荧光屏把他的脸映得忽明忽暗，电视里的男男女女你一句我一句说得起劲，我上前按下开关，闭嘴吧你们！在突如其来的寂静中我站在床头看着他，床头灯的黄光照着那张毫无声息的面庞，还有多少天呢？他还有多少天，我的生活还有多少天？空气凝结不动，胸口越来越憋闷，喘不上气了，我倏地转身走向门口，从衣挂上拿下羽绒服，穿上，一边叫："乖乖，乖乖！"她来了，我弯腰抱起她揣进怀里，努力拉起羽绒服的拉链，只露出她的小脑袋，伸手拧开锁，走出家门。

　　小区的铁栅栏门"砰"的一声在身后碰上。冰冷的空气顺着鼻腔冲进肺里，好，很好，再冷些，更冷，把脑子和知觉都冻住，需要做的只是抬腿，迈步，抬腿，迈步，迈步，迈步，迈步……小马路上路灯昏暗，我朝着更明亮的大街走，仍然没有感觉。但是渐渐地，我感觉到了怀里乖乖的感觉，像是她把自己的眼睛借给了我，冬天的夜晚，路灯泛泛地洒下黄光，照着宽阔的街道、稀疏的行人，车灯由远而近一晃而过，城市从四面八方传来低低的噪声，霓虹灯静静闪烁，一切多么新奇呀！超市还没有关门，马上就要关了，眉州东坡酒楼灯火通明，正是夜间生意开始的时候，世界原来是这样，一直是这样，是吗？妈妈，是不是？

　　乖乖的小脑袋在我下巴颏底下扭来扭去，等不及地东看看西看看，迎面走来的人一眼发现了什么：这女人，她怀里是什么，狗吗？妈呀，真是狗！

　　对，是狗。我知道你不能理解，想象不出一个毛茸茸的小生命紧贴胸口的感觉。温暖，又一个用滥了的词，之所以用得太滥是因为它的准确，在许多情形之下很难找到比它更合适的词，所以我还是要用它：温暖。乖乖让我的知觉恢复，感觉到温暖，不是她的身体传递给我身体的温度，而是通过她的身体传递的人世间的温度。怎么说呢，我眼前的情景绝不是偶然发生，各个场面都显现出内在的规律，在循序运行，既独自存在又互相渗透。没人去想地球在围绕着太阳旋转，月亮在围着我们旋转，也没人去想是哪种无形的力量在控制这一切，那么我们想什么？我们能想的只是彼此。我和乖乖，和他，一个生命和另一个生命，互相感知，彼此照护，去渡过一个又一个难关。

　　抱着厚厚的一摞病历去肿瘤医院，专家号三百元，很难说我为什么这样做，也许只是为了获得某种心理安慰。

　　候诊室里坐满了人，这里没有其他人多的地方该有的喧哗，只有静默的死气沉沉的等待。我旁边坐了一对白发老夫妻，比我年岁大，彼此小心翼翼地交谈之后我发觉情况和我相似，丈夫没有告诉妻子真实病情——胰腺癌。妻子安安静静，虽然脸上有一道道皱纹，但和我说话时神态天真，就像个女孩儿，对为什么来肿瘤医院既无知又有点好奇，从她的眼睛我确信她是真的不知道。丈夫表现出十分镇静的样子，我却一眼看透了他，看到他内心的惶恐和痛苦。他去办什么手续离开了一会儿，他妻子告诉我他们是做地质工作的，长年在野外，退休几年了，看得出夫妻俩感情很好，我为这对好人难过。终于轮到我了，一位专家和他的两位助手传看了病历，没有更多的话好说，只用了十分钟就让我走了。我不怪他们，因为摆在他们面前的就是最终结果，没有其他可能性。走在医院的过道上我不由哭起来，迎面过来的人都看到我满脸眼泪，但没人多看我一眼，谁也不觉得奇怪，肿瘤医院是埋葬希望的地方，伤心流泪再正常不过。哪里有什么坚强可言，挺住意味着一切。回到家他正在厕所里，手术之后他严重便秘，每次上厕所都很痛苦，需要我帮他灌肠。灌了肠总算暂时解决了问题，他缓缓从马桶边离开，走到床前躺下。有一种痛苦是看别人痛苦，对此我深有体会。

天黑下来，夜幕缓缓降落，罩住这个糟到极点的世界，让一切暂时静止，暂时不再有什么状况发生。临睡前我去上厕所，灯光下乖乖不声不响地躺在她的小窝里，我低头看她，她也扬起脸看我。在她眼里我是什么？她喜欢我还是有点怕我？这么想着我已经蹲下身，跪到小窝前面，我说过乖乖的脸尖尖的，有点像小狐狸，不，更像小猴子，一双黑眼睛又大又亮，而我的眼睛虽不明亮，但也不会完全黯淡无光，我和乖乖相互注视，心里对她说：你呀你，你这小生命，你懂什么呀！你什么也不懂。你是从另一个世界来的，无比单纯的世界……看着我，再看一会儿，再多给我一会儿安宁，成吗，宝贝？

当然，乖乖并不能使情况改善，谁也不能。老 B 来电话询问情况，我忍不住抱怨乖乖，说她到处乱尿，简直拿她一点办法也没有，语气激烈。"那就把她送回去吧。"老B很干脆地建议。我愣了一下，不，不要！他又提议说他的女朋友养了三条狗，可以带乖乖去他女朋友家，训练她在固定的地方撒尿。哦，真的吗？那可太好了。

第二天老B开车过来，在小区门口他从我手里接过乖乖，我不知道说什么好，老B也没有多说，抱过乖乖开车走了。朋友的沉默让我感到难受，他是否后悔当初提议我养狗。我应该解释，起码说两句感谢或抱歉的话，可我却没有，整个人像被捆绑得太紧，连挣扎都不再挣扎。

手术三个月之后有一段平稳期，我先生的自我感觉好起来，想去上班。我没有理由反对。看着他内心燃起希望，我只觉得自己的嘴闭得更严了，不能泄露，决不能。我早就有一个发现，人体的器官只有在出了毛病的时候才会感觉到它的存在，胃疼了才觉得有个胃，嗓子疼了才觉出咽喉，而我感到的是嘴，我的两片嘴唇，它们死死地闭住，时时刻刻不能有一丝一毫的放松，有时候我甚至觉得上下嘴唇已经粘在一起，再也分不开了，不得不小心地嚅动一下，还好，能分开。

时过境迁，对当年发生的事情、前后的顺序记忆有些模糊了，乖乖究竟是在什么时候被送走，又是什么时候接回来的？其实这也无关紧要。深刻在记忆中的是一种强烈的感受，想念，我想乖乖，一天比一天想她，到后来想得再也无法忍受，必须采取行动。我拨通了老B的电话，说我想乖乖，想接她回来。老B的反应有些冷淡："我说你还是算了吧。"又转述了他女朋友的话，意思是像我这么没有耐心的人就别养狗了。她说得不错，在养狗这件事上我确实做得不好，但是……我没有辩解，既然是自己的选择又何必辩解。可我还是不由自主地哭了，有时候，很多时候，眼泪比语言管事儿，结果和老B约好第二天去接乖乖。

打开车门，坐进车里，老B第一句话就说："你再想想，你能对乖乖负责吗？"我说能，话一出口眼泪又不争气地涌上来，我不是爱哭的人，可一说到狗就完蛋了。车从城北开向城南，老B他不明白，问题根本不是我能不能对乖乖负责，而是我需要她。乖乖什么也不会干，只会随地撒尿，可我需要她。

开门的一瞬间好几条狗同时挤过来，狗头攒动。乖乖呢？老B的女朋友带我进到里屋，一眼看到乖乖蹲坐在墙角，可怜兮兮的，对我的出现竟然没有反应。我不敢贸然上前，心里说不出是什么滋味，她想回家吗？还是更愿意留下？

"小悌对乖乖特别好，乖乖在窗台上不敢往下跳，小悌就一次次给她示范，带着她从窗台跳下来。"老B说。小悌的个子比乖乖大，一身浅色的乱毛，眼睛被毛遮得看不清，在屋里四下转悠，不知道自己正被夸奖。"那小悌教会乖乖在固定的地方撒尿了吗？"我问。回答有些犹豫："嗯，不大会。"

没关系，一切都无所谓，我要的只是抱她回家。终于又把乖乖抱在怀里了，她很顺从。我比较肯定了，她知道我是谁，知道我们俩的关系，而且我觉得和几条狗待在一起让她紧张，她并不喜欢。老B的女朋友一直把我们送下楼，跟到车前，一副很不放心的样子，看得出她很爱狗，也真心爱乖乖，我感谢她，同时只希望车快点儿开动，快点儿离开。当汽车开上南二环，向北行驶，我才安下心。

现在我当然知道我需要乖乖的是什么，我需要她的陪伴，需要她对我的依赖，我对她非常重要，没有我她很难活下去，这就是我需要的，我需要付出。就像我先生，生病之后他对我的需要超过以往任何时候，我为他的付出也超过以往任何时候，只是在这时我才感觉到他的存在对我是那么必需，然而我必将失去。我给不了他最需要的，生命。

那天吃过午饭，收拾停当，我在客厅的沙发上坐下。屋里非常安静，静得让人产生一种错觉，仿佛时间可以停下来，世界静止不动。就这样吧，我想，就停在这一刻吧，让他躺在床上，只要躺在那儿。

"我希望永远这样……"这样想着竟然说出声来。他在卧室里听到了，没听清，问："你说什么？"

"我说，我希望永远这样。"

"哪样？"他又问了一句。

"就像现在……"

再没有回应，一点声音也没有。静默的后面隐藏着太

多太多，他的忧心、猜测、惧怕和坚强。我以为我在保护
他，如今再想，我又能保护什么。最复杂的人生处境在于
难辨对错，不知道怎样做对怎样做错，或者说已经没有对
错可分，怎么做都对又怎么做都错。其实每个人都一样，
无论自觉或不自觉，或多或少，都需要欺骗别人或自己，
没有欺骗人是过不下去的。

学 习

　　乖乖外出学习撒尿失败之后，我决定采取强硬的办法：关厕所。情况并不乐观。只要厕所门一关上，"嚓嚓嚓嚓"的挠门声立刻响起来，急切而疯狂，令人担忧，既担心狗也担心门上的漆。脑筋一转想到了箱子，我有个新秀丽的硬壳箱子，大小正合适，正好挡住厕所门，高度是乖乖无法越过的，又没有完全隔绝她，便于我随时查看。乖乖转而挠箱子，挠吧，随便，聚氯乙烯材料不怕挠。当她发觉无论怎么挠也得不到回应，就开始一蹿一蹿地跳跃，每一跳小脑袋就从箱子上冒出来，奋力得让人心疼，一面奶声奶气地叫着，"啾啾啾，啾啾啾"。多年之后我已经想不起到底关了她多久，又怎样结束的，结果是徒劳一场，乖乖从没有学会在厕所撒尿。哦不，有过一次，唯一的一次！那时我正坐在书房的椅子上，乖乖在我眼前的地毯上玩一只毛绒小白熊，是我妹妹参加活动的礼品，她用两只小爪子拨弄来拨弄去，左一口右一口地咬，狠狠地甩，玩得正"嗨"，突然停止动作，瞬间愣神儿，两秒，至多三秒，一扭屁股冲进厕所。我怔住，不敢相信，然而是真的，乖乖冲进厕所里尿了一泡尿。我早已明白狗狗不会在固定的地方拉撒，错不在狗，在主人，要怪就该怪我当时没有坚持，挪开了箱子。为什么不坚持？究其原因，想来是那"啾啾啾"的叫声不断传达着一个讯息：放我出去，我要自由，自由，自由……而我剥夺了一个小生命的自由，于心不忍，因此放弃了。

　　那之后又发生了一件事，仍然和撒尿有关，但性质彻底不同，且意义重大。是这样：某天我一低头在地上又看到大摊的尿，瞬间崩溃，"嗷"地大叫，一屁股蹲坐到地上。刚刚尿完的乖乖被吓蒙，匍匐在地动也不敢动，我被一股极度沮丧的力量绑架，也动弹不得。说不清过了多久，一分钟还是五分钟，我感觉脚边的乖乖动了，没错儿，是她，她开始极其缓慢地移动，我眼睛的余光瞟向她，只见她拖着一条腿，那条腿就像是残废了，身子一点点一点点艰难地挪动，围着蹲坐在地上的我缓慢转圈，转了一圈又转一圈，我的一只手耷拉在身体一侧，当她转到手边的时候小鼻子蹭了蹭我的手，我以为是无意的，可我错了，乖乖拖着一条像是残疾了的腿，用小鼻子一次次蹭过我的手。不可能有任何误解，她在装可怜，在小心翼翼地试探，在求我原谅她。相信我，我不再把她看作狗是有原因的，难道这还不够吗？而且那时她还不到一岁，还是个懵懂的孩子。诸位铲屎官，除了原谅，我们还能怎样，我们别无选择。

　　后来下了一场大雪，那场雪彻底解决了乖乖的拉撒问题，准确地说是解决了我的心理问题。说到底我把乖乖关在家里是觉得外面脏，这想法并不合逻辑，甚至荒谬，我自己难道是和外界隔绝的吗？怎么不嫌自己脏。绵密的雪花在空中飘飞，无声无息落到地上，夜晚来临，我掀开窗帘，额头抵在冰凉的玻璃上，黑夜中的世界一片洁白，所有的污迹都被覆盖了，仿佛有个声音在轻轻召唤：来，来呀，快来！我瞬间做出决定，出门！抱乖乖下了楼，在花园的平台上把她放下，放到雪上，她有点疑惑，咦，脚底下怎么软软的？眨眼间就沉下屁股撒了泡尿，雪地上留下一个深色的小坑洞。她向前迈步，她还小，体重还轻，小爪子在厚厚的雪地上只留下一溜浅浅的凹痕，我跟在她后面，没隔两分钟又是一泡。乖乖的肚皮沾满了雪，小脚也被雪裹住，可她并不害怕，越来越自信，走呀走，一泡接一泡地尿，多么痛快呀！我意识到我犯了根本性的错误，违背了狗的天性，狗需要到户外，需要和自然环境发生关系，他们身体里有一个开关，不由我们掌控。人哪，不要太自以为是了。自那个雪夜之后我开启了遛狗生涯，而乖乖再也不在家里乱尿了。

一月来了过去了，二月来了过去了，跟着到来的是春天。生活对我展露出前所未有的面目，生和死共存。死亡绝不是一个词，不是神也不是魔鬼，是个潜伏者，悄悄守候在那儿，以独有的频率发出振动波，让人胸口发堵，心情沉重，甚至感到窒息，但只要一转身……看！小草拱出地皮，清晨的阳光洒在嫩草上，空气那么新鲜。认真地回顾当年，其实我是在接受大自然的教育，学习经历生命的同时和死亡相处，学习生死平等的道理。学会并不难，因为你必须学会，只是我多一份幸运，有狗的帮助。

我先生上班去了，我带着乖乖下楼，一口口呼吸着春天清新的空气，有一刻心微感惊诧，真的吗？怎么会感觉轻松？随即又坦然了，既然活着这一切就会发生。没有什么能阻挡季节的更替，也不能压抑大自然的复苏，再看乖乖，看她多兴奋啊！肚皮紧贴着草地东冲西冲，闻哪闻哪闻，没有人能阻止，相反，不由得会分享那份兴奋和欢悦，不需要特别的努力，只需要最基本的行动，跟着她。

我紧跟着乖乖，目光一刻不离。那时候我对狗的品种全无概念，狗就是狗，是个物种，偶一抬眼，远处来了一只大家伙，神经瞬间绷紧，甚至有点怕，总不至于逃跑吧，我想。再看乖乖，正忘我地沉浸在千万种气味里，哪儿顾得上其他。我盯住大家伙，他也看到了我们，继续慢吞吞走着，距离越来越近了，突然间他加快速度，颠儿颠儿颠儿，毛茸茸一大坨向乖乖直冲过来。乖乖感觉到了，或许是闻见的，扬起脸瞪着大家伙发怔，我猜她在想怎么办，要不要跑。可我错了，她没有跑，根本没想退缩，是好奇。当那巨大的毛球咕噜咕噜滚过来，只见乖乖猛地一跃而起，吓我一跳，跳到大家伙面前，在人家眼皮子底下左一扑右一扑，蹦来蹦去，小屁股扭呀扭的，像是跳起了一套欢快的小狗舞蹈。紧随其后的那位主人被逗笑了："哟，这小狗好可爱呀！"可不是，实在可爱。那套舞蹈语言是：来，来呀，快来和我玩呀！

　　主人告诉我他的狗是松狮，让我放心，不会咬的。果然，大松狮对小狗抱有兴趣，但态度极为沉稳，低着大脑袋，用那对小极了的小眼睛默默看着乖乖在鼻子底下欢蹦乱跳，那意思像是：你这小不点儿，闹吧闹吧，随你怎么闹。

感谢狗，让我在某些时候化作他们中的一员，每当我变成狗，平安无事。

又一个早晨，花园里走来一只和乖乖差不多大小的狗，毛色黑白相间，袅袅婷婷。主人是位中年男士，我问他的狗狗叫什么，男士回答："日本狆。"我以为是狗的名字，原来他说的是品种。接着他告诉我这只日本狆血统多么纯正，花了他多少钱买的，一面瞟着乖乖："你这是什么狗呀？"我觉出他明知故问，就很骄傲地回答："小串儿！"说话间日本狆已经凑向乖乖的屁股，男士厉声呵斥："嘿，不行！"狗狗才不听，鼻子兴奋地扎进乖乖的屁股狂闻不已，哈，是只小公狗无疑。歧视在狗的世界里是行不通的。通过狗也可以认识人，有的人是爱狗，有的人是爱名贵的狗，这不大一样。Marky是只可卡，垂着一对大耳朵，眼神阴郁，刚遇到乖乖时爱搭不理，可乖乖毫不在乎对方的轻慢，一股劲地招呀逗呀，可卡主人貌似也是"血统论"者，从乖乖身边走过去看都不看一眼，走出一段距离回身高喊："Marky！"意思很清楚：别理那只小串儿！然而没过两天他就发现叫不回自己的狗了，他的可卡和我的小串儿抱成一团，扑闹追跑，怎么喊叫都白搭。或许狗狗才是最终的主人，他们拥有改变人的能力。那位铲屎官就被他的狗改变了，默默转身走回来，接受现实，站在一旁观望，时而面带微笑。我发觉自己也被改变，我不习惯和陌生人搭讪，不喜欢闲扯，可我却忍不住和遇到的每位铲屎官打招呼，即便对方回应冷淡也不在意，和大多铲屎官都聊得很热闹。对我而言，人似乎分成了两类，养狗的人和不养狗的人。世界真奇妙。

　　一天傍晚从外面回家，先生告诉我他刚刚去遛了乖乖，他和乖乖说，走，咱们出去遛遛，乖乖仰着脸愣愣地看他，不敢相信，然后相信了，非常高兴。向我叙述的时候他也挺高兴。这让我察觉到乖乖对他的意义，其实很简单，生活。温和的黄昏，金色的夕阳斜洒在草坪上，他和乖乖一起走着，没有病痛，没有畏惧，也许什么都没有，只是在生活。当然这是我的想象。晚上他坐在客厅看电视，乖乖趴在他脚边，四肢平展展伸开，有一会儿他的目光从屏幕移开，垂下看着乖乖，弯下身用手摸摸她，笑了笑，说："真是张小皮子。"

是的，小皮子。

有时候我想问乖乖：你还记得爸爸吗？在你小小的脑袋瓜里是不是有一个人影，也许有一个声音，对，是声音，狗的听觉发达，听力大约能达到十几万赫兹，是人的数倍，我先生的声音浑厚明亮，那好听的声音肯定保存在乖乖的记忆里，只是再也听不到了。但也说不定，也许在梦中她又听到了，只是没法告诉我。

互　相

当年办狗证要交五千块钱，之后每年再交五百。十几年前的五千块钱可是一笔不小的数目，换来一张卡片。卡片上的照片是乖乖两个月时拍的，一只仰面朝天的小奶狗，长大之后很难说是不是同一条狗，无所谓，交钱就成。对，还换来每年免费打狂犬疫苗，以及一个狗食盆和一副狗链。狗链只有大号，乖乖这样的小型犬根本用不上，而当年大型犬是绝对禁养的，所以送大号狗链这件事缺乏逻辑。然而这绝不该成为我不拴狗的理由。如果我自问是不是一个严守规矩的人，诚实的回答应该是否定的。每次出门之前我会给乖乖套上狗链，可到了楼下四下无人我就会放开她，让狗自由奔跑的愿望永远占上风，压倒其他。其他包括：拴狗的规定，跑丢的危险，可能招惹的麻烦，旁人的不满、指责，甚至敌对情绪，而这种情绪确实大有来头。我可以随随便便就想出很多贬义词：狼心狗肺，狗屁不通，狗皮膏药，人模狗样，狗眼看人低，狗头军师，狗咬吕洞宾不识好人心……我们的文化中对狗的误解竟然如此之深，又有什么道理可讲。早年间遛狗常碰上嫌厌或谴责的目光，狗是什么东西，为什么把狗带到我们面前？我们讨厌狗，你不知道吗？当然那些人并没有把话说出声，但足以让我感到压力。乖乖胆子极小，我知道她不会对任何人或同类发起攻击，然而现实教给我一个常识：越胆小的狗越爱叫，只要一点动静乖乖就伸直脖子汪汪大叫，或是探着头，从喉咙里发出低沉的呜呜声，两种情形都会让人误以为她很凶。我避开小区的花园，走少有人走的小路，时刻保持警觉，任何活动的东西都让我神经绷紧，有时是一只猫，有时是风。那时尽管我已经当上了铲屎官，资历却还很浅，不了解狗对人的情绪有极强的感知能力，你悲伤时他会沉默，你焦虑时他也不安，这不仅是铲屎官的经验，更是科学家用核磁共振技术检验出来的。

不好，有人！我的紧张情绪瞬间传递给乖乖，她即刻冲着人经过的方向叫起来，我试图镇住她，试图用斥责声压过她的叫声，这让她受到刺激，愈发狂吠不止。有的人旁若无狗，急匆匆走自己的路，有人四平八稳毫不在意，也有人不经意地瞟上两眼：这小狗……以上情况都让我松口气，在心里默念：谢谢，谢啦。还有的人不看狗，看我，狗主人，凡遇到这种情况我也不躲避，你看我，我也看你，心里想的是：狗就是要叫的，有什么新鲜吗？偶尔，甚至我会有意牵着乖乖穿过小区的中心花园，从人们面前走过，暗自在心里叨咕：你们能怎么样，能把我，把乖乖怎么样？不能。我们有证。

对抗是人的一种本性吗？当遇到不友好的环境你也变

得不友好，甚至心怀敌意，是自然的吗？不，不对。彼此间并没有实际的利害冲突发生，竟如此轻易地产生出敌对情绪，想想很危险。人和人当然不同，承认差异是人与人相处的基本前提，而当年我那么轻易就纵容自己的情绪，忽略他人感受，实在不该。

　　我也怕过狗，有过被狗吓坏的经历。很多年前我去美国探亲，住在我妹妹家，她家的小区里有个游泳池，不大，经常空无一人，偶尔有一两个人，也并不游泳，只是躺在泳池边的躺椅上看书，晒太阳。一个下午我去游泳，正游着，从水里一抬头，天！一只狗的大脑袋从池边探进来，尽力朝着我伸长脖子。我吓坏了，心扑通扑通跳。这只大狗我多次看见主人牵着他从窗前经过，现在这张黑脸离我这么近，他想干什么？其实我并不知道他是"他"还是"她"，但他毛色棕黑，两只竖起的耳朵、大长嘴的样子像狼，主人是个年轻的白人男性，所以我感觉是"他"。我对自己说别怕，镇静，起码不能表现出害怕，就把头埋进水里接着游，每次抬头都用余光瞟着，他不走开，跟着我，逐渐显出有些焦急，不停地前前后后打转。他的主人在哪儿？为什么不叫住他，为什么不管管自己的狗！

　　我看见了，那小伙子就躺在泳池边的躺椅上，假装看书，我之所以说他是假装，因为他的行为完全不合常理，我甚至能感觉到他的心思：我知道这女人是哪家的，知道她从哪儿来，怕狗，喊，管她。

　　妈的！我一咬牙游到池边，抓住扶手上了岸。他盯着我没动，我是说狗，我拿起毛巾擦了擦身子，他继续盯着我。我转身离开泳池，往家走，狗慢慢跟上来，从泳池到家门有大约两百米距离，我一步步走，让自己保持正常步速，他一直不紧不慢跟在身后，似乎在犹豫，在下决心，要不要扑上去？要不要？什么时候扑上去？快到家门的时候他知道没时间了，不能再等了，速度快起来，我咬牙克制住逃跑的冲动，而他已经蹿到我的脚后跟了，就在最危急的时刻我脑子里猛然冒出一个词：stay！我喊出来："stay！"声音又高又尖！他一下就停住！啊，这只狗受过训练！我自己都奇怪我怎么会想到"stay"，而不是"stop"，其实我心里想的是"停"，嘴里喊出的是"待着"，我又没上过训狗的课，我的英文可以用"狗屁不通"形容，细想想要感谢的是写作，给了我对文字的准确感觉，在关键时刻救了我一把。事实证明我没有冤枉那个白人小伙，他绝对应该叫住他的狗，只要开口喊一声就行，可他没有，就是不阻止。我不想给他贴种族主义者的标签，但我想说他是个浑蛋。

回到狗，爱狗，怕狗，对立的两类人，各有理由，没有对错。如果有错，错在一厢情愿，而不是互相体谅。体谅，多么重要的一种思考方式，能化解多少矛盾，消除多少不必要的冲突，而且能让我们活得更舒心。那为什么不呢？无论过去还是现在，遛狗的时候总能听到孩子惊喜的声音："哇，看哪，这小狗真可爱！"我想这是人在没有受到任何外界影响时对小狗最本真的反应。不过孩子，告诉你，有的狗确实有攻击性，比如：罗特韦尔犬、比特犬、藏獒……这类犬种城市里绝对禁养。再告诉你件事，如果你遇到一条体形不大的小狗朝着你叫，那十之八九是只胆小、警惕性很强的狗，不要怕，别跑，不理他，也可以摆出很凶的样子，小狗一般会吓跑的。

再说一句：现在办狗证便宜了很多，只要一千块钱，每年的五百元不变。

眼　泪

　　我先生从单位回家，说他要出差，说过便小心地看着我，似乎在等待我反对。我内心在激烈斗争，却没有时间犹豫，因为我不想让他看出我的犹豫，于是我说，好哇，去吧。在那几秒钟至多十几秒时间里，是什么让我做出决定的？难道不应该阻止他吗？以他的情况。

　　我总是相信直觉，因为直觉并不是一种即兴，而是一种诚实，是对生命的感受做出的本能反应。一直以来隐瞒他是为了什么？虽然我没有仔细思考，答案却再简单不过，就两个字：希望。让他有希望，怕他没希望，如果没有了希望，活着是件很难很痛苦的事。说到底我们都知道自己会死，那么生命的意义不就在于做自己想做的事。他想出差，干吗阻止。

　　一个星期后他出差回来，我俩去附近的"孔乙己"吃饭，如今那家饭店早已关张，边吃边闲聊，饭快吃完的时候他说这几天感觉腹部隐隐作痛，语气轻描淡写，但我听出他自己意识到这是个坏消息，不想说却不得不说。我什么话也没说，不到最后时刻我是不会开口的，不过我知道快了，不需要再隐瞒了，已经瞒不住。

　　给我先生做手术的那位外科大夫技术一流，直肠里癌变的位置离肛门非常近，手术却保肛成功。术后他被推回病房，人已经清醒过来，还说不出话，眼睛直勾勾地看着我，我只知道用手抚摸他的头发，却没有理解他眼神的含义，我儿子却理解了，凑到他耳边告诉他没有造瘘，他欣慰地点了点头。对这位技术高超的大夫，我感谢他，同时心存疑问：技术好就是一个好大夫的全部吗？当我先生已经出现黄疸、腹水，我们坐在诊室里，坐在×大夫面前，有一刻我明确地感觉到危机，没错儿，他恨不得立刻向病人宣布结果：你不行了，活不了几天了。

"等一下！等等……"我抓住大夫还没来得及开口的时机，对我先生说："你先出去一下。"他很听话，孩子一样顺从，默默站起身走出诊室。那一刻其实我什么都来不及想，只是必须这么做，不能让事情这样发生，自他患病以来我做的一切都不允许这样。诊室里剩下我和×大夫，我用近乎乞求的语气说："您不要说，让我告诉他行吗？"×大夫脸上现出犹豫的神情，夹杂着一丝不屑，又实在不好反对，片刻的僵持，勉强答应了我。是的，他的想法当然有理，没有什么可隐瞒的了，谁说都一样，结局没有任何不同。但是×大夫，你不是病人，不是病人的亲人，你的手术做得很棒，由你做手术是病人们求之不得的，可我为什么心发凉，从你的态度里我感到的不是一般意义的冷漠，而是……宣判死刑能给人带来快感吗？希望我的猜想是错的。

走出医院大门，我和先生坐进车里，我坐驾驶座，他坐在副驾驶座，我把结果告诉他，把前前后后的真相也告诉了他。他低下头，沉思了一会儿，说："也好，这样也好。"他接受了我对他的欺骗行为。坦白地说，我没有想过这个问题：如果他不接受呢，我将怎么接受他的不接受？我是否会因此成为罪人？

所幸他接受了。也许他这么想：如果从一开始就知道自己的病无可救药，前面是死路一条，这几个月是否会活得更好，思忖后他觉得不会。我也认为不会，甚至相反。但是既然没有发生，谁又能确定。我一直是相信时间的，相信时间能帮人分辨好和坏，对与错，如今近二十年过去了，时间依然没有给出答案，然而我也没有后悔。

有位导演朋友说过一句话：没有比生活更牛的。这话真牛。痛苦也好煎熬也好恐惧也好，说什么都没用，生活就是一架永不停止的搅拌机，倒吧，都倒进来！

一大早我抱着乖乖从外面跑回家，我先生躺在床上，我和他说要去医院。医院？他不明白，怎么了？我告诉他是乖乖，她的腿坏了，不能走路了。看着我恓恓惶惶的样子他没有再说话，知道什么也做不了。情况是这样：早上乖乖遇到男朋友奥迪，他们在草地上疯狂追逐，跑着跑着乖乖突然停住，侧身卧倒在草地上，奥迪急得围着她打转，我大声喊："乖乖，跑，跑啊！"她还是躺着不动。我跑过去，想帮她站起来，她费力地蹲着身子，微微抬起一条腿，弯曲着不能沾地。我完全蒙了，病人、病狗，可怎么办?！那天很幸运，宠物医院正好有位老专家，一头白发，我急急地诉说情况，他不动声色，攥着乖乖的腿捏了几下，开了两片止疼药，药还没吃，刚出医院大门乖乖的腿就好了，仿佛一切从未发生。

听到我用钥匙开门，先生在卧室里大声说："回来啦！"我回答他："回来了，乖乖没事儿。"我走到床前看他，他和我走时一样，情况没有变化，没有变糟。早上那一刻，天都要塌了，我的情绪几近崩溃，然而生活才不在乎你是谁，不信你过不去。

屋子里有一股气味是以前没有的，并非形容，是真实的气味，肯定不是狗味，是从病人的身体散发出来的。曾经在爸爸身上我也闻到过，那时候我以为是衰老的气味，其实是疾病、死亡的气息。我已经经历了爸爸的离去，还有妈妈，她走的时候我还年轻，在当兵，人远在千里之外，死亡虽然可怕，打击了我，但没有折磨我，二十出头的年纪懂得难过，但不懂得悲哀。爸爸是在一九九六年十二月的一个黎明前悄悄离开的，不能算突然，从上世纪八十年代末他在医院前前后后住了八年，那个早晨我也不在他身边，我受到打击，心中悲痛，但还是和这回不同。这一回我置身于死亡的过程中，眼睁睁看着终点线越来越近，没有什么可怀疑可指望的，那就是终点。

朋友给我推荐了一本《西藏生死之书》，二〇〇三年书店里根本没有宗教类别的图书，我打听到中国社会科学院在建国门有一家自己的书店，去那里买到了。此前我从没有接触过藏传佛教，丝毫不懂佛法，看了《西藏生死之书》我也并没有成为佛教徒，然而在那段昏天黑地的日子里，这本书穿透密密匝匝的黑暗，播下一道光：

我们的存在就像秋天的云那么短暂，

看着众生的生死就像看着舞步，

生命时光就像空中闪电，

就像急流冲下山脊，匆匆滑逝。

真是这样吗？我问。产生疑问的同时我似乎已经感觉到生命的迅疾，感到消失只在一瞬。而且，奇迹般地，我看到从高空射下光柱，并不是真的看到，但是比真的看到还要真实。光柱那么耀眼，我只想冲进去，让光把身心照透，却被阻隔在光柱边缘、明暗的边界之外，进不去。我调动全副心力想象，想象，想象，不起作用，怎么会，为什么？某一刻突然醒悟，明白了，我当然冲不过去，因为那是生死的边界，那光耀是死亡之域！我去不了，只有他能去。心里生出一股冲动，觉得我能帮他，这本书能帮他，立刻捧着书走到他床前，"我给你念一段吧。"说着就坐到他脚边读起来。读了一小段儿，也许连两分钟都不到，"别念了。"他截断我。"别念了"，就这三个字。我扭头看他，他平躺在床上，目光望向房顶，脸上看不出任何表情。如此冷漠的回应刺破了想象的气泡，让我意识到自己有多傻，没有奇迹，怎么会有奇迹呢，晚了，太晚了，没有什么能拯救他于和死亡的较量，他，其实也包括我，我们都无处可逃。我把书合上，什么话也没有再说。如今《西藏生死之书》就在我的书柜里，插在一排书中，自我先生离开之后我再没有读过。是我不需要了，还是因为我是一个冥顽不灵的人，实际上也像我先生说"别念了"一样，错失了机缘。我认为都不是。人生一场，凡发生过的事必定在生命里留下痕迹，或浅或深刻，至于留下的是什么，那是秘密。

我先生站在厕所的洗脸池前，面对镜子，镜子里的男人瘦骨嶙峋，他注视着他，看了一会儿，说："我像不像个非洲饥民？"说完架起双臂，攥住拳头，做出健美先生的架势。他的举动让我想哭，我赶紧咧嘴一笑，背过身走开。

原来如此。他心里有他的神，每个人心里都有。

终于到了那天，他必须离开家，去医院，这次是一去不返。我儿子一大早就来了，我俩把他从床上拉起来，搀他坐进轮椅，我儿子推着他，经过客厅时我注意到他的举动，扭过脸看了看客厅，他知道不会再看见了。时间很快到了二〇〇四年六月四号，黄昏时分，中日友好医院狭小的单间病房里，病床前摆满仪器，小屏幕上绿色的信号渐渐趋弱，我坐在床边的一把椅子上，等着信号消失，等待他生命的消失。其实人大部分的苦和畏惧来自于有所期待，当你明白没有什么可期待，不再期待，就能做到镇定面对。晚上七点多，我没有记住确切的分钟，我的记忆力对时间历来不敏感，那一刻所有的监视仪静止不动了，表明生命已经离去，已经越过了终点。我从椅子上站起来，本能地俯下身搂住他，我妹妹站在床尾，忽然一声惊叫："看，看哪！"就在我抱住他时，监视屏上的绿色直线突然间又波动起来，只是一瞬，随后什么都没了。他走了。

　　我、我儿子、妹妹和一个男护工给他换衣服，换下医院的病号服，换上我给他买的新衣新裤。记得那位护工姓郑，一个非常有经验的人，没有他这件事是难以完成的。在换衣服的过程中，我的意识有一刻从身体里跳出，跳到房顶上观看这间狭小的病房，我的丈夫，我们四个人各自拉住他的胳膊，抵住他的背，抱住他的脖颈，抬起他的腿，我、我妹妹、我儿子（我和前夫所生），还有护工小郑，在他离开人世之际，送行的没有一个和他有血缘关系。我看见一条人生之河，我们都漂浮之上，谁又知道会在哪儿上岸。穿完衣服小郑急匆匆去了另外的病房，已经有别的病人在等着他了。

剩下最后一段路，我、儿子、妹妹，三个人推着我先生去太平间。穿过曲里拐弯的通道，出门又进门，经过院子，天已经黑了，我们是怎么知道去太平间的路的，大概一路寻问，应该是。记忆里太平间像一个大厂房，天花板上白色的日光灯照明度很低，因为已经过了下班时间，只有一个工作人员，是个中年男人，穿着灰乎乎的白大褂，给我的感觉是全然麻木，眼前的一切对于他来说不过是份工作，要干的活，尤其来的这三个人不哭不闹，没有任何引人兴趣的表现。他拉开一个铁盒子，我们帮着把人从推车上移进铁盒子里，其实已经看不到人，只是一具用白布包裹的身体，然后那男人一使劲把铁盒子推进去，关闭了一切。

都结束了，可以就此和医院告别，不用再来了。

那天晚上我一个人回家的，我没有记错，是一个人。我儿子说要陪我，我说不用，你把乖乖给我送回来吧。那些天我守在医院，乖乖一直在他那里，由他当时的女朋友帮忙照顾。我儿子很了解我，立刻开车回去接乖乖，然后送到我家。当我回想那个特殊的晚上，遍寻记忆也想不出什么不同寻常的事儿，我似乎什么也没做，甚至没有哭，只有一个情景刻在记忆里，永不磨灭。乖乖的小窝摆在床头，我一探身就能看到她，那天上床的时候我把她抱上床，用胳膊搂住她，她匍匐在我怀里，下巴颏枕着我的胳膊，微微仰起的小脸正对着我的下巴，床头灯照着她，她直勾勾看着我，一双黑眼睛惊人的明亮，我压低下巴颏和她对看，片刻，她重重地、长长地叹了一口气，整个身体都随着这口气松弛下来，瘫软下来，像是在说：哦，好，终于平安了……叹气过后我和她继续互相注视，一片静谧。小家伙，我的小家伙，是的，就这样紧紧靠着我吧，不要再担心，没有什么能夺走你，同样也不能夺走我，从今以后。

从八宝山回来，我先生已经在紫红色的瓷罐里。走进家门，看着熟悉的一切，我自己还不知觉，身体已经扑倒在沙发上失声大哭，跟在身后的妹妹吃了一惊，但是她并没有劝阻我，儿子也没有采取任何行动，他们只是站在一旁默默观望。这一刻人生以极高的速度闪现而过，因而什么都看不清。接着，痛哭像爆发时一样戛然而止，仿佛有个声音对我发出命令：打住，哭泣时间已过。我立刻服从，眼泪的阀门即时关闭。

　　二〇〇四年的夏天倏忽间过去，之后的秋天也同样。我不知道自己是如何学会接受的，可我确实学会了。我从不问为什么是他、为什么是我，这种事怎么就落到我头上？这类无谓的问题从来没有搅扰过我。偶尔在街上看到一对中年以上的夫妻手拉着手，我立刻转移目光，不看，并压下可能冒出的念头，并对自己说：记住，那不是你，和你没关系。生离死别是人生中特殊的经历，说真的，经历过后我感觉越来越成为自己。为什么这么说，孤独是人生中所有老师里最棒的老师，教我不自哀自怜，引领我更深地进入内心世界，进入另一种强度，用事实教育我，让我安心，人所经历的每件事、每种感受，无论强烈或细微都相互关联，织成一张大网，那张网总能在某一刻接住你，不会让你无限坠落。

　　然而当冬天即将来临，我还是隐隐忧虑。想到漆黑的冬夜，门窗紧闭，即便白天也万物枯萎，一切都冷冰冰的，孤单的感觉会前所未有吧，有点怕。为阻挡寒风我在单元门上贴了密封胶条，可六七级西北风刮起来什么也挡不住，气流挤过缝隙"咝咝"地叫，尤其到了夜晚，那哨子似的声音喑哑又尖厉，一刻不停，提醒我外面那巨大的难以抵御的寒夜，我孑然一身。

　　可是，可是哟，灯光从房顶洒下来，微微泛黄，一个毛茸茸的小家伙蹲坐在地毯上，歪着小脑袋，大而圆的黑眼睛一眨不眨地朝我望着……能相信吗？那无比单纯专注的眼神在发散魔力，一刻又一刻把房间，把整个家变得温暖，暖洋洋的。黑暗的寒夜已不存在，不，它的存在愈发衬托出屋内的温暖。孤独，那么凶狠的角色，却在一条小狗面前如此轻易地败下阵，而小狗什么也没干，动都没动，只歪着头朝我望着，就把孤独吓跑了，逃之夭夭。对，有句话不就是这么说的嘛，上帝看人太孤独，所以创造了狗。

神秘园

　　二〇〇五年初春,《北京文学》组织作家去云南开笔会,我把乖乖交给儿子,去参加了。

　　那时候束河古镇刚刚开发,街巷冷冷清清,只有很少几家店铺,也看不到几个游人。我转遍小镇,远远望见玉龙雪山在一条小街的尽头闪闪发光,就选择朝那方向走。

一路不见人影，很快就走到镇子边缘，雪山依然遥远，再
往前就没有人家了。停下来，一扭脸，路边旅店的院子里
卧着条大狗，是条德牧，我当即决定进去看看他。跨进门
槛时有一点点紧张。"你好。"我和他打招呼，他没有叫，
缓缓站起身朝我走近，围着我转了两圈。旅店主人从屋里
出来了，一个留着络腮胡子的小伙子，有点邋遢，看上去
像没睡醒似的，他告诉我狗叫克拉。"你好克拉。"我再次
问好，克拉不再理我，走到台阶前卧倒。我在走廊上的小
凳子坐下，点了一杯咖啡，和小伙子聊起来。他是昆明人，
租下这个院子，没有客人，没有收入，旅店维持得很艰难，
雇了一个当地的小姑娘，两人只能天天吃方便面。"那狗
呢，吃什么？"我问。他呀，他有的吃，有大骨头。小姑
娘给我端来一杯速溶咖啡，随手把一根大棒骨扔到地上，
克拉立刻闷头啃起来。我慢慢喝着咖啡，闲闲地聊天，午
后的阳光斜洒在廊子上，小伙子给我讲起他爱的女孩儿，
他们怎样相遇，女孩儿又怎样离开，他想去找她，可又不
能扔下旅店，只在心里盼望着有一天她能回来。他爱唱歌，
把自己录的一些歌放给我听。我明白了他为什么邋遢，无

精打采，当然是因为失恋。

听了会儿歌，我提出想和克拉出去走走，小伙子说好呀，你们去吧。旅店门外就是一条小河，河对面有几小片稻田，再就是杂草丛生的荒地了。出了门，克拉一路在前，我跟在他身后，石板路沿着小河延伸，玉龙雪山在前方静静耸立。阳光淡淡的，映着雪山和寂静的乡野，河水淙淙，清澈见底，我的感觉越来越细微，越来越缥缈，哦，回来吧，所有失落的，回到我身边，回到这一刻，让我们静静地停留一会儿吧。

返回的路上克拉遇到了同村的伙伴，一条大黑狗，他们互相闻了闻，摇摇尾巴，扭身各走各的路。旅店里传来丝丝乐声，我迈进门槛，音响在播放《神秘园》。此时太阳西沉，院子被阴影笼罩，我在院子中央的一张小凳上坐下，哀伤的潮水从四面八方涌上来，涨满胸口，泪水止不住哗哗涌流。为逝者，还是想乖乖？都有，但又绝不仅仅是他们，这悲伤是我需要的，抚慰我的悲伤。小伙子斜靠在一把小椅子上，伸着两条长腿，发觉我在流泪，一动不动沉默不语。原谅我想不起你的名字了，克拉的年轻主人，那时候，你的、我的、我们的悲伤和束河的黄昏化作一团，那幽深的迷惘令人沉醉，难以忘怀。

两年后我又去了束河。旅店的状况已经好转，有另外两个年轻人加入，一起合伙经营。我给克拉带了狗粮和零食，不知道他是否还记得我。那天旅店里人来人往，几个住店的客人很惊讶，这条大德牧怎么和这个女的这么亲哪！我搂着克拉，抱他，和他玩，他扑我，趴在我脚边，听我和他说些逗趣的话。吃过晚饭，车来接我回丽江的住处，我上了车，和大伙告别，怎么也想不到克拉猛地蹿进车里，蹲到我身上，他要和我一起走！主人连哄带呵斥，费了好大劲儿才把他拽下车。车开动了，尾灯映照着站在旅店门口人和狗的身影，不一会儿就远去不见。是的，没有什么能永远拥有，所幸，人拥有记忆。无论什么时候只要把那充满记忆的海贝贴到耳朵上，就听见低低的耳语：嘿，克拉，你好！

性

　　早上起床叠被时，我忽然发现床单上有几小块淡粉色的痕迹，吃了一惊，是什么呀？随即明白过来，乖乖发情了，心里微微慌张，这可怎么办，再一想哪有什么怎么办，不过是大自然向乖乖宣告：你的生命成熟了。我一把抱起她："哎呀呀，我的小家伙，你长大啦，变大姑娘啦！是不是呀?!"边说边亲，亲了又亲，她弄不懂主人是怎么回事儿，小脑袋扭来扭去躲闪，一使劲挣脱我，"扑通"跳下地跑了，身后的地板上洒下一串小血滴，我的天!

养狗的书上讲了给狗狗做绝育的种种好处，作为铲屎官我都相信，可我并没有动这个脑筋，心想自己来了一辈子例假，很正常的事儿嘛，没想到同为女性，狗和人差异巨大。女人，来例假和性欲高低绝无关联，更不会在来例假的时候渴望性交，可母狗却唯独在此期间才产生性交的欲望。得不到满足的性欲折磨着乖乖，老实说也折磨我。为什么不让她生育？大概是畏惧吧。生育是件很痛苦的事，我经历过，更大的问题是，无论生两只还是三只我养得了吗？既然应付不了那就不能生。再有，我并不认为母狗渴望生育，渴望做母亲，她们渴望的只是交配，是性欲使然。最大的麻烦来自异性，发情的母狗挑起公狗的性欲，强烈得难以阻挡。只要我和乖乖一下楼，四下里就会传来高一声低一声的吠叫，偶一抬头，看见家住三楼的奥迪脸紧贴在窗上，狂吠不止。他的主人后来向我描述奥迪怎样在屋里乱转，怎样把家里的纱窗挠出一个大洞，幸亏发现及时，不然后果难料。欲望是可怕的，尤其性欲，一时间主宰一切，置任何危险于不顾，在这方面大帅刷新了我的认知。

大帅是只喜乐蒂，在奥运公园看到他的第一眼我就走不动了，修长的身姿，蓬松飘逸的长毛，高昂着小脑袋，我从心底发出赞叹：男神啊！想不到男神对灰姑娘一见倾心，只要相遇，无论多远大帅立刻向我们奔来，长毛飘飘，英姿勃勃，然后温柔地俯下身凑着乖乖的鼻子闻一会儿，再转到屁股，围着她打转。乖乖呢，别看是小串儿，倒对血统高贵的爱慕者没有多大兴趣，不反感而已，由他纠缠一会儿，毫无不舍地扭身走自己的路了。喜乐蒂的爸妈都和我一样，没有等级观念，对狗狗一视同仁，看着这 size 完全不相配的一对儿，看他们彼此的态度只觉得有趣又好笑。

黄昏时分，河对岸的大草坪上狗狗们在欢聚玩闹，乖乖正发情，我当然不会过去，离得远远的，并保持着警惕。夕阳一点点一点点落下去，余晖把河面映得金属般发亮，西天映出城市低低的剪影，我们安静地享受着美丽的黄昏。该回家吃晚饭了，我牵着乖乖离开河边，沿一条清静的小路拐到大路上，刚穿过马路就听到远处传来惶恐的喊叫，十分吓人，打架了吗？难道是抢劫？我一下紧张起来，回身张望，隐约看见一道黄色的影子从河对岸闪过，一分钟，也许不到，肯定不到，我看见了大帅！他已经冲过桥，冲过马路，朝我们飞奔而来！老天爷！

足足过了好几分钟女主人才从老远的河对岸追过来，我和她面面相觑，完全不知道说什么好。马路上汽车一辆接一辆开过，如果大帅……简直不敢想。大帅啊大帅，你的体形是乖乖的好几倍，无论你多痴情，你和乖乖也是不可能交配的，知道吗？懂吗？我出声地对他说，觉得他会懂。女主人一直死死拽着拴狗绳，还没有从惊吓中恢复。几分钟后我拽着乖乖，女主人拽着大帅，各自朝不同方向走开，他俩一边走一边使劲扭着身子，彼此回望。他们之间是种什么样的感情，是爱情吗？如此赤裸裸的分离场面无论如何让我觉出一丝残酷的味道，不能这样下去，还是给乖乖做绝育吧。

当年宠物医院的各项收费都还不贵，给母狗做绝育手术不过四百多块钱。我开车带乖乖去了医院，抱她走进医院大门，先挂号，再到诊室，由大夫开单子，再在收费窗口交钱，整个过程中乖乖一直在我怀里哆嗦，到后来已经不能说是哆嗦，她的身体在剧烈震颤，差点儿抱不住掉到地上。我用力搂住她，哄她："没事儿，宝贝儿，没事儿……"可怎么会没事儿呢？事情重大！我和她一样紧张。手术之后会是什么状况，我对付得了吗？她会不会很痛，如果很痛怎么办？如果伤口感染怎么办？站在医院前厅，我困在一大堆"如果"之中，忧虑分分秒秒递增，最终把我压倒。不做了，什么也不做，让一切保持原样。我退了费，抱着乖乖走出医院大门。开车回家的路上乖乖两手扒着车窗，兴味盎然地看街景，我一身轻松。

这个手术，子宫摘除术，乖乖还是做了，不过那是后话。

意　义

　　许许多多的事，一天又一天，从早到晚，铲屎官和狗
的生活是写不完的。记得看到过有位作家说：各种各样的
动物都适合文学的丛林。却不知为什么我心里总冒出疑问，
有意义吗？写一条狗的意义何在？我爱质疑，信奉质疑，
没有质疑就没有创造，没有进步，可我也常常被搞得心烦

意乱。多少次和自己说：去他的，别傻了，写你想写的，还要什么别的意义。于是继续写，疑问继续出现，循环往复，直到某一天脑子里有了前所未有、惊世骇俗的发现，原来"意义"是个可怕的词，只要这个词在脑子里一出现你就会开始怀疑自己，而陷入探究"意义"的泥沼会越想越糊涂。我要做聪明人，不愿糊涂下去，然而潜意识里我依然在期待意义显现，可它就是不见踪影，让人心里不踏实。

晚上打算看个电影，在各个平台搜索，再一次选择了科恩兄弟拍摄的《醉乡民谣》，应该是四刷了。电影里的男主角、歌手勒维恩·戴维斯唱了一首歌，歌名是 *The Death of Queen Jane*。歌词如下：

> 王后 Jane 躺着分娩已有九天多，
>
> 直到她的女仆实在太累了，再也撑不下去，再也撑不下去，
>
> "好女仆们，好女仆们，我的好女仆们，
>
> "你们能帮我剖开我的右腹，找到我的孩子吗？"

"噢不！"女仆们哭道，"这是我们绝对不能做的事，我们将派人去请亨利国王，听听他怎么说，听听他怎么说。"

亨利国王得知了，亨利国王来了，

他说："我的王后，是什么困扰着你？你的眼睛看起来那么灰暗，看起来那么灰暗。"

"亨利国王，亨利国王，你愿意为我做件事吗？

"你能剖开我的右腹，找到我的孩子吗？"

"噢不！"亨利国王哭道，"这是我永远不会做的事。"

…………

孩子诞生的那天，人们拉琴跳舞，

但亲爱的王后 Jane 可怜地躺着，像块冰冷的石头。

屏幕里，从门口斜射进来一束光照在戴维斯弯曲的双腿上，也照亮他抱着吉他的手。多么孤寂的一双手啊！他弹着唱着，偶尔抬起头，忧伤地望着坐在对面的人，那是一位唱片公司的老板、决策者，始终冷冷地盯视着他，脸上没有一丝感情，估量，评判，最后做出裁决，让戴维斯走人。

　　而戴维斯，他为什么要唱这首歌呢？换句话说，导演科恩兄弟为什么让他唱这首歌？那位王后Jane，生孩子、难产死了有意义吗？什么意义？我试图回答，却无言以对。然而当我听到戴维斯的歌声，心像被狠狠地剜了一刀，痛彻心扉！说不清这疼痛究竟来自何方，也说不清缘由，可事实就是这样，如冰凉的浪潮拍打我，我被一首和我毫无关联的歌卷进了伤心之海。在网上找这首民谣的创作者没有找到，然而我却从王后Jane的身上悟出了写作的真谛。世上的任何人、事物绝非单独存在，生命和生命之间自有隐秘的连接，写作者要做的只是比常人更敏锐地知觉，更深切地感受，至于意义，不必担心，因为不是你选择了意义，是意义选择了你。想通了这点就像拔起水池的塞子，满脑子的疑虑一下子清空了。对！想写就是一切，剩下的问题是怎么写，而解决这个问题不正是写作的魅力所在吗？慢慢来，急什么，要知道这细水长流的过程正是值得享受的。

选择角色

那天天气预报说有雷阵雨，我们不管，照样出门。阴云已经在空中聚集，气压很低，一路上迎面而来的行人都神色匆匆往家赶，只有我和乖乖反其道而行之，去公园！来到开阔的中央大道，这里是北京城的中轴线，天际线很低，整个天空一览无余，南边还剩下一线光亮，北方，黑云像一个巨大的具有可怕生殖力的怪兽蹒跚逼近，四周的树、灌木、花草吓得一动不动，紧张地等待着，哦，暴雨将至！我喜欢这感觉。

突然间，闪电划过！怪兽眨了一下眼，再眨一下，伴着低沉的吼叫，它有千百只眼睛，宏大的喉咙发出的声音使大地震颤！乖乖怕打雷，但此时说什么都来不及了，雨点噼噼啪啪落下，我把乖乖紧紧抱在怀里，飞奔到一棵枝叶浓密的大树下，雷声隆隆，不对，打雷的时候不该躲在树底下，我冲出去，冲到一丛很大的灌木下面，蹲下身把她藏在怀里。骤雨急促，不一会儿天空就亮起来，怪兽远去了，踪影倏忽间消失不见。雨后的草地挂满水珠，马路湿漉漉发亮，脚踩地面踢踢踏踏响着，我们在清新湿润的空气里漫步回家。

这是夏天里的事，秋天才是最舒服的日子。黄昏来临，夕阳为每座建筑物镀了一层金，每张脸庞都变得温和，有人情味儿。大草坪上狗狗们在追逐打闹，凉爽的微风里欢叫声此起彼伏。落日飞快西沉，暮色从四面围拢过来，刚刚还能看清一只只狗儿的身影，不一会儿他们已被暮色吞没，只剩下几个白色的影子在黑暗中飘移。主人们一声声呼唤自家的狗，只听有的名字连声叫个不停，是那些玩不够、不想回家的小东西。

狗和人一样，性格各异，小时候彼此相像，随着年龄的增长不同性格就会显露出来。每当我和乖乖走上大草坪，狗狗们发现来了新伙伴都会凑过来，我不知道他们是以貌取人还是以味儿取人，有的对乖乖不感兴趣，闻闻，转一圈走开了，可总有两三条狗不愿离开，跟随着她，阻挡去路，不放她走。这时候乖乖的性格就显现无疑，她左躲右闪，竭力绕开爱慕者，只顾往前走自己的，任谁也不理睬。我站住，叫她："乖乖，乖乖！"她听话地停下来，我和她说："别走，咱们玩会儿吧。"她用了一分钟考虑我的意见，决定不采纳，扭身继续走去。一条小径斜穿过大草坪，暮色中人欢狗叫，我俩离开的身影格外孤单。同样的情形一次次发生，有铲屎官看不过去了，冲我说："干吗这么急着走呀，玩会儿呗。"

真是误会。

"她不干呀！我也想玩会儿，您瞧她……嘿，乖乖，乖!"我不得不拔腿追上去。天知道我多想看乖乖和小狗们一起飞跑,在草地上滚作一团,我也可以和各位铲屎官聊聊天,享受一下简单轻松的社交生活。遗憾的是乖乖性格孤僻又敏感,她已经是个大姑娘,我必须尊重她。

我们找到了一块属于自己的小草坪,有了一套固定的玩儿法,捡一块浅色鹅卵石,不大也不能太小,我把石头握在手里,乖乖就站在我脚边,仰着脸,乌溜溜的大眼睛期盼地望着我。西天明亮的光洒在草地上,草儿柔软,手里的石头又圆又白,我用力挥手,空中划过一道浅色弧线,乖乖"嗖"地飞出去,箭一样快,草地瞬间被压出一道凹痕。石头落在远处,我看不见,只见乖乖一个急刹车,身子一溜翻滚,哇!找到啦!有时候她怎么也找不着,鼻子扎进草丛,四下乱窜,像个小疯子。这找石头的游戏我们玩了好几年,从不觉乏味,欢乐如初。当暮色降临,我和乖乖走在回家路上,半明半暗的天光里路灯不经意间忽然亮起来,哇,心上不由漾起一波愉悦的涟漪,接着想到了"美好"一词,它既不虚妄也不神奇,用来形容这平凡的日子再合适不过。

当你单身一人仍然感觉到美好，那么，可以放心了。因为这美好是你自己创造的，不会被夺去，也不会被毁坏，而且你可以再创造，你相信自己有这能力。人的一生中有很多角色，有的角色我喜欢，待在里面舒服，有的不喜欢，不得不扮演，相比之下只有狗狗赐予的角色——铲屎官，美好满满。

进入十一月，出门时天已经黑了，奥运公园里的人越来越少。空旷的中央大道上两排高大的枝形照明灯光亮耀眼，把我们的影子投向四面八方，深深浅浅地移动，缩短、变长，越拖越长，看，好一个巨人和她的巨型犬呀！天气更冷了，只要不刮大风我们都出门，乖乖穿上新买的小棉衣，走路的样子笨拙可爱。森林公园南门，8号线地铁站，空空的扶梯一上一下滚动，发出低沉的轰响。乖乖没坐过，我要让她试试。抱起她小心地把放到下行阶梯上，她很紧张，我蹲下护着她，她感觉到自己在移动，不安又好奇。下到地面溜达几步，来，咱们再上去！她不再害怕，稳稳地上升、上升……哈，你是乘过自动扶梯的小狗了。

更多时候我们往南走，去下沉公园。夏天这里熙熙攘攘，很热闹，冬天的晚上却游人寥寥。我和乖乖在古典风格的回廊里兜兜转转，然后穿过雄伟的门洞，踏着宽广的台阶向上走，玲珑塔在眼前缓缓升起，夜空中五色彩灯变幻闪烁，多美呀，是不是，乖乖！路线到此回头。沿河走上昏暗的木板路，河水结了冰，暗沉的冰面泛着一层灰色的冷光。我又一次突发奇想，乖乖还没走过冰呢，这么想着就把她抱到结冰的河面上，这回她倒一点不怕，小爪子在冰上左一滑右一滑，几步之后就利索了，倒是我不得不小心翼翼地迈步，生怕摔个大屁蹲儿。走到河中心站住四望，广阔的夜空，远处的建筑低低地匍匐着，玲珑塔像一根小小的光柱，鸟巢也缩得很小，像发光的玩具，大口呼吸着冰冷的空气，呼吸着庞大而充实的黑夜，真畅快，多自由啊！一步步走到河对岸，离开冰面，踏上马路，路灯光下乖乖扭着小屁股走在前面，带领我回家。

家里真暖和，暖气散发着热力，该吃饭啦。

记得那个下午我先生靠在沙发里，我坐在他对面，我们俩沉默不语，没有什么话可说。后来他和我说："我走了，你再找一个人吧。"我不假思索："不可能，以后我只能一个人生活了。"他默默想了两分钟，明白我说的是真心话，"也好。"他说。回想起来那是自他得病后我们难得的坦然相对的时刻，既面对自己也面对彼此的未来。他的未来已经很短了，我的还很长，不知道会多长。我心里很清楚我将过一种没有伴侣的生活，独自一人。之所以这么肯定是因为我相信生活会帮助人摆脱困境，赠送一些小幸运，也必定粉碎一些虚幻的想象和浪漫。我不再年轻，已经成熟到了解自己的需要，同时也相信自己。此生我已经做过无数的选择，也经受了种种的没有选择。我先生的死就是我无法选择的，但是我可以选择对待他离去的态度。我选择接受，对不幸不做激烈反应，不让它进一步伤害我，不能说这是我主动的选择，狗的帮助至关重要。但是养狗不正是我的主动选择吗？一个很棒的选择。有时候有的人会说，我顺其自然，听天由命。不，其实你还是选择了，你不选择就是你的选择。正如加缪所说："生活就是你所做的选择之和。"是的，这话毋庸置疑。

据传，美国养狗证上有九句话：

1.在你买我之前你需要知道，我这一生大概只能活十到十五年，和你分别是件无比痛苦的事。

2.在给我命令时请给我理解的时间，别对我发脾气，虽然我一定会原谅你的，你的耐心和理解让我学得更快。

3.请好好对我，因为世界上最珍惜最需要你的爱心的是我，别生气太久，也别把我关起来，因为，你有你的生活，你的朋友，你的工作和娱乐，而我，只有你。

4.经常和我说话吧，虽然我听不懂你的语言，但我认得你的声音，你是知道的，在你回家时我是多么高兴，因为我一直在竖着耳朵等待你的脚步声。

5.请注意你对待我的好，我永远不会忘记它，如果它是残酷的，可能会影响我永远。

6.请别打我，记住，我有反抗的牙齿，但我不会咬你。

7. 在你觉得我懒，不再又跑又跳或者不听话时，在骂我之前，请想想也许我出了什么问题，也许我吃的东西不对，也许我病了，也许我已经老了。

8. 当我老了，不再像小宝贝时那么可爱时，请你仍然对我好，仍然照顾我，带我看病，因为我们都会有老的一天。

9. 当我已经很老的时候，当我的健康已经逝去，已无法正常生活，请不要想方设法让我继续活下去，因为我已经不行了，我知道你也不想让我离开，但请接受这个事实，并在最后的时刻与我在一起，求求你一定不要说"我不忍心看他死去"而走开，因为在我生命中的最后一刻，如果能在你怀中离开这个世界，听着你的声音，我就什么都不怕，你就是我的家，我爱你！

每次看到这些文字眼泪就不由自主涌出，此刻抄录它们，泪水再次盈满眼眶。是我太滥情？每个养狗的人一定能懂我。如今越来越多的人认识到对待小动物的态度是人类文明的标志之一，而狗更特殊。狗是朋友，是家人，狗给予人的是人最需要的。陪伴，是我们需要的；忠诚、信任是我们需要的；我们失望过很多次，怕了，不失望，不被辜负也是我们需要的；虽然我们能力有限，能给予对方的也是有限的，可我们还是幻想获得对方无条件的爱；天，我们的需要可真不少！请注意，还有呢，不管狗有怎样的行为都不会影响人的权威，你是发号施令的人，你的意志永远排第一，永远是惩罚或赏赐者。狗狗不唠叨，不争辩，不会想方设法证明"我没错"，即便偶尔没得到满足而朝你叫几声，也时刻准备着认怂，因为你永远正确，是永远的老大。说到这儿想起动画大师宫崎骏的话，"爱上某人不是因为他给了你需要的东西，而是因为他给了你从未有过的感觉"。所以老实地承认吧，狗狗的顺服让我们无比受用，是世上任何其他人无法给予的感觉，我想这也是我们义无反顾、身不由己地爱着他们的原因。

小黄黄

　　黄昏时分，我和乖乖像往常一样在奥运公园里悠闲地溜达，远远看见一只小狗，那蹦蹦跳跳的样子真可爱。我赶紧加快脚步追过去，原来不是一只，是两只，两只小狗正玩得欢。旁边站着个男的，我走近问："都是你的吗？"不，那只活泼的小狗不是他的，他也不知道是谁的。那只小狗真的很小，大概也就三四个月大，毛色浅黄，圆溜溜的身子，模样很 cute，一点不怕人。我问他："小黄黄，你怎么一个人呀？你跟谁来的？"他仰起脑袋看着我，甩着尾巴，一副憨憨的啥也不知道的样子。我和那位铲屎官四下转悠，搜寻主人的影子，可看不到。停留的时间有点长了，乖乖明显地表露出不高兴，径自往别处走开，我大声喊她，她扭回头看看我，转身照走不误。她就是这样，不管我和谁待在一起，不管是人还是狗，只要时间一长她就不干。

之后的几天里我弄清楚了，小黄黄没有主人，是只流浪狗。我注意地寻找他，随身带了些狗粮，公园的清洁工告诉我："有人喂，吃得可好呢！"听她这么说我放心了些。终于有一天我碰到了那位好心人，是个比我稍稍年长的女士，提着塑料袋，她打开袋子给我看，里面装着满满的各种碎肉拌米饭。不一会儿小黄黄就出现了，个子长大了许多，已经不那么萌了，但模样很端正，和他一起来的还有两只狗，三位一起把食物一扫而光。这几只流浪狗似乎就生活在奥运公园，不时会看到他们的身影。

有一阵子我忘了小黄黄，不再想到他。直到冬天，夜晚躺在床上听到外面"呜呜"吼叫的西北风，一下又想起他来，这漆黑的寒夜他在哪儿，怎么度过呀？很容易就打听到了，一位面熟的铲屎官告诉我有人养着他，还告诉了我地点。奥运公园里安置着一些可移动公厕，西侧的一处园林里有一排，我去了，远远就发现了目标。公厕的一个隔间开着门，我走近一些，看到隔间的地上铺着棉垫子，那一定就是小黄黄的住所了。一位女清洁工正在清理附近的垃圾桶，她一定就是小黄黄的主人。我用目光寻找小黄黄，望来望去终于发现了他，匍匐在一块太阳地儿里睡着了。我没有走过去，没有打扰这对主人和狗，午后微微偏西的阳光照在他们的地盘上，一切看起来很好，让人安心。

之后的春节我得知清洁工回家过节了，把小黄黄托付给别人，很久很久我再没有看到他。

夏天如期而至，傍晚出门遛狗时阳光依然灼热刺眼，遛了一大圈开始往回走，夕阳已经被树梢挡住，就要落下去了，光线变得明亮而柔和，我和乖乖一前一后地走着，一条狗突然出现在路边，哇，是小黄黄！

"啊，是你啊！"我高兴得叫起来。他似乎认识我，甚至知道小黄黄是我给他起的名字，朝着我走过来。我们俩互相走近，我问："你上哪儿去了？小黄黄，你好吗？"他在我面前站住，仰起脸，尾巴轻轻地晃来晃去，并不走开。就在这一刻我的心突然动了，他活过了严冬，正经历酷暑，我是不是要带他回家？要不要呢？当我意识到自己真的在考虑这个选择，不免有些心慌。这是件绝对现实的事，容不得半点虚情假意。我做得到吗？内心很矛盾，站定不动，脑子却在飞转，最后终于决定了，不，应该说我把决定权交给了对方。我看着小黄黄，对他说："走，走吧，你要是一直跟着我，咱们就回家。"说完我转过身往家的方向走，乖乖始终在一旁观望，听到我说出"走"字她立刻响应，已经迫不及待了。

小黄黄竟然真的跟上来了，乖乖在前，我跟着她，小黄跟着我，一行三个。我的心依然在打鼓，就这样了吗？在一个无比平常的黄昏，从马路边上，我就要带回去一个家人。多么不可思议！我开始想回家怎么办，第一件事当然是给小黄黄洗澡，他洗过澡吗？能听话吗？习惯待在室内吗？乖乖的反应完全不可知，家里忽然多了一只狗，她会是什么感觉，我不希望影响她的生活。前面就是中国科技馆了，马上就要过马路，过了这个路口就等于走出奥运公园，一切也就决定了。小黄黄仍然跟在身后，我迈上小马路，走了几步忽然有所感觉，回头看小黄黄果然没有跟上来，而是站在马路沿上。我转回去，走向他："怎么了，怎么不走了，不想走了吗？"

小黄黄站立不动，眼睛望向别处。我说不清心里是什么感觉，希望他走还是不走，也许他并不想跟我回家，不想离开奥运公园、他习惯的生活……

完全没有注意，不知道从哪儿忽然冒出一个人，手里握着一把大扫帚，身穿工作服，肩上挎着个小垃圾桶，也许他一直在附近，只是我没有看见。这个男人慢悠悠地开口说，"他不会跟你走的，"脸上带着微微奚落的笑意，"我养着他呢。"

天哪，还能有比这更好的事吗？心一下轻松了，因为既不必良心不安，也不用再担负责任。我微微激动地看着这位清洁工，他看上去四十来岁，一副对什么事都满不在乎的样子，小黄黄立刻朝他走过去，绕着他转了两圈，他没有任何表示，毫不在意，我想和他聊聊小黄黄，可他没什么可说的。这时小黄黄径自朝着公园里走去，身影不一会儿就消失不见了。

我和乖乖再次踏上归途，一切和来时一样，这个黄昏却由于多了一个善心的人而更加温和美丽。

问　题

　　在网上搜寻，一本叫作《练习告别》的书吸引了我，作者玛丽安·库茨，一位女艺术家，书的内容是记述她丈夫发现长了脑肿瘤到病逝的过程，两年多里的桩桩件件。书在生活里从来是不可或缺的，然而随着年龄增长，挑选想看的书却越来越不容易，年轻时胃口好，不挑食，岁数大了就有了各种不爱吃不能吃的。这本书让我立刻想到自己的经历，因此很想知道玛丽安的经历，就下单买了。

坦白地说，从我先生走后我很少去碰那段记忆，理由非常简单，不敢。那九个月如同身处地狱，很难找到什么词语描述那样的痛苦，后来一切结束，仿佛凭空竖起了一堵墙，把时间分割为之前和之后，只要我回头就会撞到墙上。我回过头，立刻撞墙，于是我不再回头。不管是谁、何方神圣建起的那堵墙，都起到了保护我的作用。十几年过去，如今那堵墙呢？我爬过去了，还是穿越了它？都不是。在岁月的迷雾中它渐渐化作废墟。当然，废墟也是一种存在。

《练习告别》送到之后我马上读了，极为真实，很痛很痛，许多地方我完全能感同身受，然而书中写到的一件事却让我很难理解。当丈夫汤姆被确诊脑袋里长了肿瘤，要做摘除手术，后果未知，这时候他们夫妻二人一起坐在电脑前，设置了一个朋友邮件组，"我和汤姆九年前结的婚，参加婚礼的那些客人首先被加进了我们的朋友邮件组。既然当年我俩喜欢这些人，那么现在的关系应该也都不赖。然后还有结婚之后逐渐认识的新朋友，比如通过各种聚会场合认识的人。我们不断地往这个名单上加人，一个名字都没有删掉……"他们给所有人写了一封邮件，告知这厄运，以后丈夫的病情每有发展，有所缓和或更加严重，越来越糟，他们都要写邮件通告情况，邀请大家回复，打电话、发邮件或亲自前来。我试图从不同角度理解他们的做法。一、求得具体的帮助。这我能理解。二、希望获得尽可能多的精神支持。这可以设想。三、大声说出事实，不存任何的幻想，让自己更坦然更勇敢。需要这样吗？四、逃避，躲避在将死的境遇中度日的感觉。五、性格所致，他们就是这样的人。与他人分享是玛丽安和汤姆一直以来喜欢做的事，是一种习惯，无论分享观点、经历、遭遇，以至死亡。

　　仔细思考之后，我倾向于第五项，他们就是这样的人。而那时候我先生拒绝任何人来探视，这点我俩相通。人和人是多么不同，清楚地认识这点又是多么重要。可脑子里还有个问题，告别是可以练习的吗？作者玛丽安真这么想？通过书中内容对她的了解，我不大相信。结果发现了书的原名，它就在封面上，在"练习告别"下面有一行英文：The Iceberg : A Memoir。翻成中文是："冰山：一段记忆"。那么这本书的书名到底是什么？我给一位在出版社做编辑的朋友发去了我的疑问，她给我发来了英文原著的照片，封面上赫然印着:The Iceberg : A Memoir，和"练习告别"没有一毛钱关系。她又告诉我如果和作者没有特别约定，出版方有权另起一个中文书名，一个他们觉得更有吸引力的名字，而不必征得作者同意。那么作者了解这情况吗？认同告别是可以练习的吗？疑问不停地冒出来和我纠缠不清。哪来这么多的为什么，不问活不了吗？我问自己。很想当一个不问问题的人，那该多幸运，等等，也许是不幸呢，稀里糊涂活了一辈子，难道不遗憾？说到底，我相信没有疑问的人生是不存在的，只不过为不同的问题困惑而已。

又有一个问题冒出来了，狗狗问问题吗？答案来得很肯定：当然问。主人上哪儿去了？怎么还不回来？为什么还不吃饭？主人出现了，把食盆装满，狗狗的问题立刻得到完美解决。我们的存在就是他们的答案。世上大概只有铲屎官对狗狗能够这样说："我，我就是你的全部。"狗狗回答："是的，一点没错儿。"

说回《练习告别》。面对死亡，玛丽安和汤姆一直拥有朋友们的陪伴和支持，从不孤单，和周遭世界坦荡相处，我羡慕他们。而我是另一种人，不喜欢热闹，在人多场合总感觉不大自在，被众多人关注更加不舒服，是不是社交恐惧症呢？也许有几分，也许还算不上。

但是我确实有过问题。曾经有段时期早上睁眼的第一感觉就是没意思，这个没意思并不具体针对什么，我这个人就是没意思本身。起床干什么呢？又什么都不期待，不想和这个世界发生关系。这种感觉很糟糕，更糟的是身陷其中，毫无动力，连改变的动力也没有。我妹妹是学医出身，为我担心，建议我去看心理医生，吃药，比如：百忧解。我听说过百忧解，有朋友吃过，状态确实有所改善。可那又怎么样，我不想动，再说我觉得自己没到不想活、想自杀的地步，还过得下去。我确实过得下去，连我自己都不知道我拥有自己的心理医生，狗儿。

现实是即便我什么都不想干，可是狗儿要吃饭，吃、喝、拉、撒，这些生命的需求必须有人满足，那个人就是我，只有我。每天早上必须起床给乖乖弄饭，晚上还有一顿，并且习惯性地留意她吃得好不好。一早一晚出门，不能忘记兜里要揣手纸，捡她的屉屉，也会留意她拉得好不好。这套简单的程序运转着，不会也不能停摆。狗儿不和我说什么，我也不和她说什么，因为我知道她不懂，但是我被她需要。这比任何治疗都管用。晚上要睡觉了，乖乖先跳上床，我随后躺下，伸出胳膊搂住她，她呼出的气息一小缕一小缕喷到脸上，轻微得难以觉察，需要我全心全意地感觉。吃过午饭在沙发上歇会儿，乖乖跟来，屁股朝着我挤在一起打盹，忽然她醒了，扭扭身子扑通跳下地，小爪子踏在地板上哒哒哒哒一溜声响，走去厨房，屯屯屯屯喝一通儿水，哒哒哒哒又走回来，蹲身，轻盈一跃踩到我肚子上，小鼻子湿漉漉的，咻咻喘着气……

　　说不清变化是怎么发生的，但确实发生了，如果说有一条界线，我感觉自己渐渐回归到界线之内，属于正常的范围之内。早上该起床就起床，没有什么异样的感觉，可以有意思也可以没意思，不管它，生活不就是它本来的样子，不，甚至更好。每个夜晚都值得期待，想到要和乖乖一起睡觉心里就乐滋滋的，并不是形容，真的会笑出来。每次出门回来，快到家的时候心里都会小小地激动，因为要见到乖乖了。是的是的，是她，无论那时期我在精神上出了什么问题，肯定是狗儿治愈了我。

教　训

如果有人问:"铲屎官,你爱你的狗吗?"

我的回答当然是:"爱。"

再问:"那你的狗狗丢过吗?"

我不得不回答:"丢过。"

事实不容否认。

　　每当落日西沉，奥运公园就拉开喧闹的大幕，锣鼓震响，歌声飞扬，其间爆发出清脆的枪声，"啪！啪！啪！"当然不是开枪，是甩鞭子，而这刺破空气的声音是乖乖最怕的。长久以来我已经摸清了甩鞭子爱好者的活动时间和区域，避开他们。一天下午我和乖乖正沿着清静的河边溜达，空中一声炸响："啪！"心骤然停跳，此时此地，怎么可能?! 乖乖箭一般蹿出去！我惊声尖叫："乖乖！"拔腿狂追，一边嘶喊："乖乖！乖乖！乖乖……"倏忽间她已经无影无踪了。周边有三条路，我东冲西冲，跑得喘不上气，最后彻底失去方向，手里攥着牵狗绳，惶恐四顾，只想哭。

　　为什么放开她！为什么不牵着？你这个傻瓜！笨蛋！浑蛋透顶!

　　从一条岔道上走来一个散步的女人，悠悠闲闲，隔着一段距离她的目光和我相遇，肯定是我无助的样子引起她的注意，好奇地看着我，一步步走近，忽然明白了什么，抬手朝着身后的方向指了指："那边，那边有条狗。"天！我连声谢谢都没顾上说，顺着她指的方向狂奔而去，跑啊跑啊，哦，看见了，看见了！一个小小的黄色的影子，傻傻地站在路边。我冲过去一把把她抱进怀里，抱得紧紧的，"乖乖，乖乖，乖乖……"除了叫她的名字不知道还能说什么。对，我在心里发了誓，以后遛狗一定拴狗绳！！！

可是人哪，就是这么可悲，无论怎样的教训都抵不住一个念头：侥幸。侥幸不问对错，不问结果，总能通行无阻。就在家门口乖乖又一次丢了。那是在小区里遛完狗准备回家，乖乖蹦蹦跶跶跳上楼前的台阶，扭扭搭搭穿过门厅，我跟在她后面。注意，我没有拴她。二道门有门禁，有人从里面推门往外走，整幢楼的三部电梯这时刚巧都在一层，有人上有人下，电梯门有开有合，就在那一阵小小的混乱中我忽然发觉乖乖不见了。哪去了？她进电梯了吗？进了哪一部电梯？还是顺着楼梯上楼了？还是根本没有进入二道门？我傻了。第一反应是顺楼梯上楼，冲向家门，楼道里没有她的影子，反身冲到地下一层，也没有她，再跑下一层，冲进地下车库，大声喊着她的名字在车库里转来转去，没有，没有，没有，再奔回一楼，跑到院子里，四处叫啊喊哪，还是没有，没有，没有，只能再回到楼里，二十七层楼，如果她上了电梯，那么可能在任何一层，怎么办？唯一的办法是上到顶层，一层层往下找，但是她会待在原地不动吗？要是她再进了电梯呢？时间过去多久了，三分钟还是三十分钟？我完全失去了时间感。

这时候电梯门开了，一个男人走出电梯，我冲口而出："看见一只狗了吗？"男人并没有停步，一边往外走一边侧脸看我，眼前这个神情慌乱的女人似乎让他受到惊吓，在我以为得不到任何答复的时候，就听他说："有一只狗在二十五层。"

哦，老天！

同时等电梯的还有一位男士，他和我一起进了电梯，我立刻按下二十五层，电梯门关闭，开始上升，男士站立不动，我微感疑惑，问："您……"他回答我："你着急，先上二十五层吧。"

哦，原来有很多好心人就在身边。谢谢，谢谢你。

电梯直达二十五层，出电梯不见乖乖的影子，我迅速拐进楼道，一眼看见她，蹲在她以为是家门的位置，恓恓惶惶。我抱起她，心"咚咚咚"跳得厉害，巨大的欣慰的浪潮从头到脚冲刷着我，那一刻我竟然没有感觉自责。

　　那么我吸取教训了吗？诚实地说，没有。人为什么如此的冥顽不灵，这是为什么?! 后来的日子里我不时思考这个问题，思来想去一个理由独占鳌头，自由! 人爱自由，也想让狗儿享受自由。这绝不是为不拴狗的行为辩护，说的是实话。但是我对自己的表现仍然感到困惑：守规矩这么难吗？为什么不把规则当回事儿，怎么就改不过来?! 认真思考，追根溯源，一种可能变得越来越确定，是这样：我成长的少女时期正遇上天下大乱的"文革"十年，那是个"造反有理"的年代，一切纪律、规则包括法律都被打破砸烂，视为粪土。公德是什么东西？没听说过。从那时起我在心理上就对"守规矩"免疫了，五十多年过去效力竟然延续至今。我绝不仇视规则，也不对抗，却会不在乎，譬如过马路，只要没车，管他红灯绿灯照过不误，每每都会遭到儿子的批评；看戏，如果前面有更好的座位，开演后没人来，空着，自然就坐过去，没什么不好意思的；诸如此类，包括拴狗。

　　不对，狗要另当别论。作为铲屎官我不是个例，不少人和我一样。我们觉得自己的狗不是狗，是我们的孩子、家人，心里总是怀着一份信任，再加一点偏向。谁不偏向自己的孩子呢。这是我们秘而不宣的心思。当然，我们也拥有共同可悲的教训。

"螃蟹"和我住在一栋楼，是只两岁的哈士奇，男孩儿，他的铲屎官是一位高高大大的小伙子，不爱说话，和他搭话从来只是笑笑。螃蟹的性情和主人正相反，热情异常，每次相遇都激动万分，没头没脑往上冲，被主人手里的绳子猛力拽住，四条腿腾空而起，身子拧几拧落回地上，傻愣愣看着我们，萌得很。那天晚上已经十点多钟了，又一次下楼遛乖乖，夜色中一条大狗的身影由远而近，是螃蟹，小眼睛在昏暗中发射幽光，奇怪，怎么独自一狗，主人呢？螃蟹这回倒没有激动，轻悄悄走到身边，围着我们转了两圈，掉头走开，在小路上拐了个弯不见了。片刻之后主人慢慢悠悠出现，手机的光亮在他脸上一闪一闪。我有点担心，忍不住和他说："螃蟹刚才在这儿，不知道哪儿去了。"小伙子回答："没事儿，他跑不远，就在院子里。"态度淡然又笃定，我当然就不说什么了。

夜晚小区的儿童游乐场没人，乖乖在滑梯、秋千之间转悠，我绕着围栏快步走，当作锻炼。远处的路灯下小伙子的身影晃了过去，没过一会儿就听见他的叫声："螃蟹！螃蟹！"

人的第六感让我有点不安，想过去看看，就和乖乖说："走，咱们回家。"刚拐出游乐场，螃蟹主人的身影从路灯下冒出来，一眼望见我就问："看见螃蟹了吗？"我回答没有。看得出这时候他有点沉不住气了，因为情况不同以往，喊了这么半天狗都没有出现。我也跟着四下寻找，小伙子不再理我，大步向小区北门走去，出了大门身影消失。我跟在乖乖身后往家走，心里嘀咕着螃蟹的去向，这时听见一个男人高声呼喊："螃蟹！螃蟹……"喊声刺破夜晚的寂静，在楼宇间回荡，一声声越来越远，向着西边的奥运公园去了。我不由想，怎么能让狗狗离开视线呢，刚才我提醒过你。

第二天早起遛乖乖，第一件事就是去小区北门打听，问保安昨晚跑丢的狗狗有没有找到，保安一脸茫然："什么狗？没听说呀，昨晚不是我值班。"那一整天我和遇到的每个铲屎官打听螃蟹的下落，没人知道。再一天得到消息，是好消息，螃蟹回家了。原来小区有个我不知道的业主群，那晚小伙子在大街上转了很久没有找到螃蟹，只得回家，在业主群里发出寻找螃蟹的信息，不久有人回复说半夜看到一只大狗蹲在楼门口，不是别人，正是螃蟹，在外面游荡够了，自己找回家来。我心中大喜，太好了！为小伙子感到庆幸，但愿深更半夜在大街上高呼"螃蟹"的经历给他教训，但愿他不要像我。

但，无论怎样，我还是要替狗说句话，奔跑是狗的天性，不让他们释放天性是不公平的，甚至是一种虐待。他们是忠诚的朋友，是家人，是为我们工作的伙伴，人类的文明中应该有狗的位置。我们的城市里为什么不能多开辟一些地方，可以让狗儿自由奔跑，而不会影响他人呢。这样做并不困难，只要想做就一定能做到。

日　子

　　十一月立冬了。下了一场雨，又刮了一天的大风，出人意料的是气温并没有下降，蓝天里的太阳光明耀眼，在空气中挥洒着蓝宝石和黄金，这么好的天儿不该辜负，下楼去！

　　草坪上一层黄黄的落叶，几片鲜艳的红叶特别显眼，我忍不住捡起一片，对乖乖说："看，多好看啊！"她一眼也不看，径自踩着落叶朝前走，走出几步沉下屁股撒泡尿。阳光在柳树的枝条间闪烁，昨天我从窗子里看着柳树在风中狂舞，大风猛力地拉扯着它的枝条，却没能扯下它的叶子，现在所有的叶子在微风中闪闪发亮。柳树，春天里早早发芽，秋天迟迟落叶，了不起的树。

日出日落之间日子倏忽间过去，转眼又快到圣诞节了。为什么过圣诞节？那天诞生的上帝之子和我们身处的世界是什么关系？没有几个人在乎这个，想它干吗。令人热衷的只是一件事：消费。为消费而制造欢乐的节日气氛。超市里，敞亮的上下楼梯之间摆出真人一样高的圣诞老人，雪白的大胡子，红脸蛋，身体随着音乐左摇右晃，"叮叮当，叮叮当，铃儿响叮当……"多么轻快而又熟悉的声音，突然间锤子一样重重地敲击我的脑袋，怎么，你忘了吗？他走了，走了很久很久了，再没有人和你一起逛超市，你再也不能牵着他的手了。我蒙住，呆立在自动扶梯上，瘫痪了，然而机器不等人，自有动力，几秒钟我脚踩的台阶已经降到地面，而关键时刻我的脚下意识抬起，迈出，踏到一楼地上。身边购物的人熙来攘往，各有各的目的，谁也不注意谁，只有我自己知道刚刚发生了什么。发生了什么呢？哀伤来袭，灵魂出窍，持续了几秒钟，随着自动升降机的速度，我已经返回现实世界。

怀念像慢性病会不时发作，种种诱因，程度或轻或重。怀念和亲人共度的时光其实就是怀念逝去的自己。我们想念自己，怎么能不想念呢，岁月流逝，或静悄悄或轰轰烈烈，同样一去不返，无论我们此时的面貌如何，一定会想念那个曾经的自己，因为那时候我们比现在年轻，怀着更多的希望。

新年过后是春节，世间一切如常，哦不，当然有所不同。多少年来除夕夜十二点总是那么令人期待，那是肾上腺素飙升的时刻，全城的人像是都约好了，出门，上街，放鞭炮！放鞭炮啦！记得有一年我先生喝多了，睡得香，我本想叫醒他，婆婆心疼儿子：让他睡吧。于是我自己出了门。那会儿大家都穷，没人买得起烟花，只有爆竹，二踢脚、挂鞭，一百响一千响，最牛的是冲天炮，足够把城市震翻。走在午夜的大街上，我的耳朵仿佛失聪了，什么也听不见，纯然的巨响和无声竟有同样的效果。我一股劲儿向前走，徜徉在一种奇异的振奋之中，从团结湖一直走到神路街，如果鞭炮声一直响我会一直走下去。鞭炮声渐渐减弱，稀疏了，路灯下空气灰蓝，爆竹的碎屑铺满大街，在冷风中轻轻滚动。我呼吸着呛人的空气，返回的路上微感寂寥。回到家先生还在睡着，而这个震天响的除夕因为独自在大街上度过，就此不忘。后来他们都走了，先生的父母和他，除夕之夜我总是和儿子一起过。大家有钱了，买了越来越多的烟花，花样翻新，一年比一年绚丽。接近十二点鞭炮声变得密集，该下楼啦！穿上大衣，戴上围脖手套，走出楼门城市已经炸裂开来，四下里一簇簇光焰腾空而起，迸射、怒放、绚烂地变幻着，前、后、左、右，"哇！哇！哇！"脖子仰得发酸，眼睛里感觉有一丝丝灰烬的粉末，多高兴啊！多么纯粹的高兴，多么难得。然而有一刻我分心了，乖乖怎样？她狗生的第一个除夕我抱她出门看烟花，一放到地上她疯了似的奔逃，逃回楼里，在门厅乱转，浑身哆嗦，看她恐惧的样子我深深自责，不该以自己的感觉代替他人的感觉，这样很浑蛋，尤其对狗狗，他们不会说话，无法争辩。之后每年除夕都是乖乖的恐怖之夜，即便有两层窗子也隔不住鞭炮声，她四处躲藏，储藏室、门后、厕所、马桶后面，从深夜两三点到黎明到天亮，乖乖一次次被鞭炮声惊醒，跳下床去，我也一次次醒来，跟着揪心。现在变了，北京市禁止在五环内放烟火，尽管感觉缺少了节日气氛，更多的还是欣慰，说心里话我并不在乎那一夜的空气污染，只是为了乖乖。

热热闹闹的二月一晃而过，三月总有些倦怠，一切都好像在重新启动。四月是乖乖打疫苗的日子。乖乖怕医院，十多年里我们去过不同的医院，情况没有任何不同，她永远是吓得浑身发抖，最后我想到了气味，一定是医院的气味让她形成条件反射。很奇怪她并不怕打针，甚至可以说对打针无感，每次护士都问我她会咬人吗？我坚定地回答，不，绝不会。我抱住她，搂得比平时稍微紧一点，护士用酒精棉在她屁股上随便抹两下，针头扎进肉里时她毫无反应，顺顺当当就打完两针。随后我们按要求观察半小时，我轻抚着她，问："你一点不怕，干吗这么紧张呢？"

她顾不得理我，继续保持着高度警惕。这时候有人进门，是带狗狗来看病的，我心里不由自主一阵轻松，几乎是窃喜，哈，我们没有病，什么病也没有。我知道这很自私，继而有点自责，然而情绪这东西等你意识到时已经是既成事实了。

我自私的小快乐是多么脆弱呀！早上乖乖在石板路上尿了一泡尿，我无意间扫了一眼，咦，怎么有几丝粉红的颜色，弯腰细看，看了又看，不能确定是不是血，但肯定有问题。吃过早饭带她去了医院，验血，拍片子，做生化，一系列检查之后，大夫诊断是膀胱的炎症，同时告诉我一个坏消息，说乖乖的肾只剩下百分之十五的功能。我的心一沉，问大夫这意味着什么，那位年轻大夫长得眉清目秀，态度很温和，回答却十分含混，意思说以后肯定要出问题。以后是什么时候他没说，估计也说不出吧。

需要打点滴消炎，这可太难了。乖乖性格敏感，加上极度紧张，让她趴在台子上不动完全不可能，她不干！不停地扭动，挣扎，死活要离开这恐怖的地方。我只能站着，一只手攥住扎着针头的小爪子，上半身压住她的后背，嘴里不停地柔声哄劝:"没事儿，没事儿宝宝，妈妈在，妈妈在……"下巴颏抵在她的小脑袋上，亲着她。她总算勉强接受了现状，大概也太累了，无力再抗争。药瓶里的药水一滴一滴一滴地滴，我关注着输液的速度，不能快，快了怕她心脏受不了。

　　就在守着乖乖的时候我目睹了一件难以置信的事:诊疗室的门被"咣当"推开，一只刚下手术台的大松狮挂着点滴瓶被推进来，三个人费力地把仍然昏迷的大家伙挪到我身后的一张台子上，留下铲屎官守在一旁。我问:"他做了什么手术?"那位中年男人只简短地回答了两个字:"肿瘤。"他心情沉重不想多说，我也就不再问。过了一会儿，也就三五分钟吧，我听到身后有动静，麻药劲过了，大家伙醒了。我回头观望，只见大松狮咕咚咕咚扭动身子，想下地，主人竭力按着他，怎么也按不住，他非要下地不可，结果只能人随狗愿，大家伙一溜歪斜滚下台子，铲屎官高举着输液瓶紧跟在他身后，刚开始狗狗脚步踉跄，东倒西歪，很快就稳当了，在诊疗室里来回溜达了两趟，不爽，干脆走出门，一直走到院子里去了。要知道人家刚动了剖腹手术！狗儿啊狗儿，你们可真厉害！

　　从乖乖后来的情况看"肾功能只剩百分之十五"的诊断有点吓唬人，因为接下来几年里一切正常，并没有出现大夫所预言的问题。不过话说回来，人家大夫的话也没有错，几乎可以说绝对正确，器官总要老化，功能总在衰退，说"以后"当然是不会错的。

美

美

问："你觉得你的毛孩子好看吗？"

答："还用问，当然。"

又问："那你希望她更好看吗？"

我的回答是："不，我爱的就是她，不管她什么样儿。"

我言行一致，从不带乖乖去美容店，连想都没想过。

然而世事难料，有一天，乖乖美容了。

每当出差我都把乖乖交给儿子，他和我一样爱乖乖。电视剧做后期需要整天待在剪辑房，可每到傍晚他都赶回家喂乖乖吃饭，再赶回去熬夜工作。后来他结婚了，儿媳同样爱狗，而且更细心，乖乖很有福。某次我出差回来，推开家门看见一条狗，哟，这是谁家的狗？乖乖吗？天哪，是乖乖！儿媳带她去美容店剪了毛，变了条狗。

眼前的小狗太可爱啦！就像狗界里一个理了寸头的小男孩儿，身子圆滚滚的，小脑袋剪得圆圆的，一对耳朵像两朵花瓣，跑动时扑棱扑棱翻飞，最意想不到的是乖乖底层的毛竟然是深浅不一的颜色，剃短之后身上呈现出对称的漂亮花纹，遛狗时路人会不由停下脚步："哟，这只小狗真好看哪！"天天见面的狗友也夸她像头小狮子。好吧好吧，我承认自己之前太认死理，不要再固执己见了。我买了一套推子和剪子，开始自己给乖乖修毛。我感觉狗狗也是爱美的，因为给乖乖修剪的时候只要用夸张的语气赞美："哦，乖乖真漂亮，好看，真好看！"她就会顺从地一动不动。如果她显出不耐烦，躲闪，我就更加卖力地夸她：

"哇！看哪看哪，谁家的小狗这么漂亮，美得呀！"于是她又不动了，忍了。

爱美，肯定没有错，但有界限。我无法确切地指出界限在哪儿，它一定在某个地方。早上遛乖乖，一只小狗迎面走过来，是只纯白的贵宾，耳朵一只粉色一只黄色，尾巴是蓝绿色的，我心里立刻冒火：神经病呀！干吗要把狗染成这样？他多受罪。话也跟着冲口而出："干吗要给他染成这样？"我问跟在后面的主人，语气隐含指责。主人是个比我年轻的女性，像是被我问住了，微微迟疑，回答："不是我，是我妹妹，我不在，她带她染的。"我想接着问她，那你呢，你喜欢这样吗？话到嘴边忍住了，毕竟这不是我的狗。

没问题，我相信铲屎官都爱自己的狗，问题是我们究竟更多的是爱狗还是爱自己。小区里的一位狗友，宝宝妈，养了一只吉娃娃。她泡澡宝宝和她一起在浴缸里泡，吃饭时宝宝蹲在餐桌上一起吃，她老公把花生米嚼碎了喂宝宝，筷子头蘸啤酒和宝宝分享。宝宝的身子胖得像要爆炸，四条可怜的小细腿儿艰难地支撑着超负荷的体重，走两步就走不动了，后来因心脏病离开。他们又有了贝贝，是只马尔济斯犬，雪白娇小，眼睛黑亮黑亮，眼看贝贝脸上的泪痕越来越重，整张小脸儿几乎变成紫色，贝妈告诉我，贝贝和宝宝一样，每顿饭都在餐桌上，老公吃一口喂贝贝一口，她劝阻说太咸，不要喂了，老公反驳：我养的是狗，为的是开心，不是养一个祖宗。再说鲍比，鲍比是我表姐的狗，和别的狗打架被咬伤，伤口很深，感染化了脓，我表姐想带鲍比去医院，被男朋友阻止，说狗就是狗，自己会好。最终鲍比的伤口自愈了。

我想说的是什么呢？其实没有什么可说。宠物狗是弱势，落到我们强势的人类手中，只能看我们了。回头看看我自己，给乖乖剪毛几乎成瘾，动不动就要她老老实实站着，我用剪子、推子修来修去，其实她并不情愿，是顺从我的意愿，我心里明白却忍不住，禁不住想让她好看的诱惑，这个好看只是对我而言，和乖乖没有一毛钱关系。确实，我觉得我的狗是世上最好的狗，这种确定的感觉甚至超过我对儿子，子女的好坏除了父母感觉还有社会标准，有对比，有竞争，毛孩子不同，无须其他标准，你说了就算。虽然不管乖乖毛长毛短我都爱她，可我就是要给她修理。谁能修理修理我？

虚　度

　　我先生手术后的恢复期，我、儿子和他一起去中关村为他买了一台电脑。他是编辑，自己也写作，可一直不会用电脑，小时候他学的不是汉语拼音，我教他，他学得很认真，一个字母一个字母在键盘上敲击，练习着。午后，乳白的阳光从朝西的窗子斜照进来，洒在地板和床上，我仰面平躺着，眼望光溜溜的房顶，隔壁传来打字的声音，"哒、哒、哒、哒"……随着单调的微微迟钝的节奏，一股气息弥漫开来，多么平淡，多么平淡，像麻醉剂，神经酥散了，感觉很舒服，又空虚又充实。那是二〇〇四年初春的一个下午，三点多钟，我度过了一段终生难忘的时光。

又有多少平淡时光从未被留意就悄然消失了？想想其实很亏，很多时候如同我们没有活过似的。人，难道只有面对死亡才能品尝出平淡的美妙滋味？说到底生命就是一段时光，时光是用来度过的，怎样度过才是问题。有数不清的选择，我发现了一种方式：虚度。狗儿教会我的。

我坐在书桌前打字，听见一串"哒哒哒"的响声，扭头看，乖乖来了。刚才她在哪儿我没在意，现在她从卧室走出来，经过书房，走出去，小爪子踏过地板，"哒哒哒哒……"我不由起身跟上看她要干什么。她进了厨房，走到水盆前，埋下头喝了几口水，一抬头和我目光相遇，微感意外，怔了怔，平静地转身走开，径直走向书房的小红柜子，匍匐着钻到柜子下面，我跟着她走过去，她已经顺势找好姿势趴下，我也在地板上趴下，把身体放平，脸凑到柜子下面，乖乖的小鼻子近在咫尺，咻咻的呼吸吹到脸上，只见她伸出舌头"唰"地舔舔鼻子，张了张嘴，打出一个大哈欠，随后闭上眼在柜子底下睡了。我手枕下巴颏看狗儿睡觉，时间就这样从我的生命中静静流逝。对，kill time.

如何衡量生活的意义，没有尺子和磅秤，但是会有很多人告诉你，有时候声音太多，不知道听谁的好。狗狗从不说话，却教会人很多，方式单纯明了，直视着铲屎官的眼睛，用目光说：来，来摸摸我，抱我吧，我只想和你待在一起，只要我们在一起就特别好，你觉得呢？

我也觉得好，好极了。铲屎官回答。

岁月对所有生命都一视同仁，在不知不觉间溜走，溜得很快。狗狗和人的不同就在于他们不想那么多，不问意义。哦错，我们又怎么知道狗狗在想什么。我注视乖乖越久，越猜不透她的小脑袋瓜里在想什么，是一切尽在掌握还是一无所知？

提问虽然是好习惯，对答案却不能期待过高。有的问题有答案，有的没有，或者说答案不是你能找到的。如今

活到这个份儿上，我甚至觉得下个小时就是这一小时的答
案，下一分钟就是这一分钟的答案。而当下，和狗狗一起
虚度时光吧！在地板或床上，大大小小的沙发或椅子上，
院子里，草地，山坡，海滩，静静地，只是在一起，什么
也不干。这就是狗儿赋予我们的活在当下、虚度时光的特
权，铲屎官啊铲屎官，我们多么幸运。

伊　娃

乖乖九岁的时候有了一个妹妹，伊娃。按辈分是侄女，因为伊娃是我儿子的狗，不过我们一致同意称呼不必复杂化，就按她俩的年龄排序。伊娃是一条拉布拉多，来我儿子家时三个月大，长得飞快，等乖乖和她见面的时候已经长成一条体形健硕的大狗。老姐姐和小妹妹的相处并不和谐，伊娃热情高涨，一见到乖乖就欢蹦乱跳，冲上前要和姐姐玩，姐姐万分惊愕，扭身逃窜，藏到不知道哪儿去了。一次又一次惊吓之后乖乖意识到不会有什么真正的危险，不再害怕，取而代之的是嫌厌，只要发现伊娃有接近自己的意图，早早就闪了。伊娃毫不在意，照样跳呀扭呀，甩着粗硬的尾巴上前表达欢喜，大尾巴一下子扫到乖乖脸上，乖乖又急又气，猛地匍匐冲伊娃龇出一口小牙，喉咙里发出低低的嘶吼，滚！滚！滚！你再敢！我的理解大致没错。伊娃愣住，退后，虽然内心热情不减，但不断被喝退的体验终于让她有所醒悟，自己的热络改变不了乖乖的冷漠，她渐渐沉默了。这样的情形当然是我不愿意看到的，可是又没办法改变。我不能，不想，也不该勉强乖乖，她和伊娃相处七年态度始终如一，不靠近，不交流，不理不睬，不得不说：乖乖你可真行！

　　为补偿伊娃的失落，我代替乖乖出马。嘿！伊娃，看球！挥手把球抛向空中，伊娃一个腾空飞跃，叼住球，立即转回来把球还给我，尾巴热切地摇动着，我再扔，她再叼住，健壮的身体卷动空气，卷起一股股狂喜的气流！无论我和伊娃玩得多热闹，乖乖从未表现出一丝兴趣，也从不嫉妒，我搂着伊娃她也不会过来争宠，她一定知道我对她的爱多过伊娃，是最多的。

我当然爱伊娃。拉布拉多太聪明，和伊娃相处几乎感觉就是和一个孩子相处，而且是一个特别懂事的孩子。我和她说的话她都懂，大多时候不需要语言，只发出一个声音她就完全领会，立刻执行，听话得让人心疼。偶尔也闯过祸，把儿子新买的运动鞋咬出个窟窿。那时候她还小。成年的伊娃没有缺点，除了撒大泡的尿，很臊，屁屁很臭。哦还有，那就是作为她的铲屎官最好不要穿深色衣服，你懂的。伊娃有时会趴在沙发上，双眉微蹙，眼神微带忧伤，望向乖乖，而乖乖离得远远的，对她的存在完全无感。大伊娃，乖乖是不是让你很失望，对不起，她自从长大就是这样，绝不仅仅对你，现在她已经进入老年，请你理解。

乖 呀 乖

记 录

狗天生会游泳，这点我是怎么知道的？一想就想起来了，狗刨。小时候学游泳最低级的泳姿就是狗刨，人家狗狗天生就会。如今伊娃又让我大大见识了狗对游泳的热爱。

夏天去郊区玩儿，儿子为了伊娃特地挑选有游泳池的民宿。二十五米的游泳池建在陡峭的山坡上，只有我们一家人，很酷。伊娃乐疯了，在水里来来回回游哇游，不过瘾，一次次爬上岸再纵身跳进池中，像颗炸弹在水中爆炸，我们为她齐声欢呼。这时候再看乖乖，卧在池边的一张躺椅上，冷眼相对，事不关己，而她的这种态度事出有因，她对水有心理阴影。狗的记忆力超强，有形象记忆、运动记忆、情绪记忆，对亲密相处过的人永远不忘就属于形象记忆，靠的是超强的听觉和嗅觉；训狗应该归于运动记忆，需要不断地重复；而我要说的是情绪记忆，水，给乖乖的首次体验是惊吓，对她产生的强烈刺激深刻在记忆里。那是她小时候，我常带她去附近的紫玉山庄玩，那里有巨大的草坪，小山，还有一个不大不小的人工湖。草地上歇息着大片的鸽子，乖乖猛冲过去，鸽群"呼啦啦"惊起，翅膀拍击空气发出奇妙的声音。湖面上漂浮着鸭子和天鹅，鸭子一群，天鹅三两只，几只大鹅在湖边闲逛，乖乖远远发现，狂奔上前，大鹅不惊不惧，身子大幅度地左摇右晃，缓缓移步，倒把乖乖镇住了，不敢凑近。我们穿过小桥，爬上小山，又回到草坪。湖面在阳光下平展展发亮，草地向着水面微微倾斜，看上去几乎是水平的。乖乖朝湖边走去，越来越接近水，我跟在她后面五米左右，眼睁睁看她迈着四条小腿走呀走，一步两步三步……再一步径直从地面迈进水里，哦，天，她根本不知道那是另一种物质。我本可以叫住她的，可我没有。乖乖在水中奋力扑腾，四肢本能地激烈划水，向前游动，我拔腿冲过去，却又在水边站住，因为她已经扑腾着掉过头转向岸边，又扑腾了几下游过来，爬上岸，整个过程不过一两分钟吧。她湿淋淋的身子像个小滚轴，噼噼啪啪甩动，水珠在阳光里划出晶莹的弧线。春季的天气已经不冷，可还是有些凉，我反应过来，脱下身上的外衣包住她，使劲给她擦呀擦，边擦边向她道歉，对不起对不起。是，常识告诉人狗天生会游泳，问题是人往往只知其一不知其二，我不知道的是情绪对狗具有多么严重的影响。真不知道乖乖会不会一辈子怕水。

　　看着她卧在泳池边的椅子上，一股愿望在我心里蠢蠢欲动，"乖乖，你来不来，你也来游游吧，好不好？"我站在水里朝她喊，她装没听见，扭过脸去。想不到儿子立刻行动，走过去从椅子上一把抱起乖乖，她扭动身子挣扎，我在泳池边高举双手接住她，小心地举着走向泳池中央，缓缓、缓缓地把她放到水面上，手牢牢托住她的腹部，哇，她立刻游起来啦！四肢在水下有力地划动，"扑通扑通扑通"，我的手一点点一点点松开，只见她仰着小脑袋，朝天的尾巴甩呀甩呀，像装了电动马达，我紧跟在她身后，看不见她的模样，儿子抓起手机拍起来，谢谢你，儿子！

此刻我拿着手机一遍又一遍地看，视频里传来儿子充满鼓励的声音："嘿，走！好极啦！好极啦！"我傻笑着，一脸难以置信的惊喜，水光映着乖乖严肃的小脸，一股劲儿地用力划水，像个小英雄。视频里，乖乖游到池边，我用手托住她的身体，把她托上岸，她的神情十分镇静，湿漉漉的毛在阳光下闪亮，顺滑地贴着圆滚滚的身子，几步走出了镜头。我相信乖乖获得了一次自信的体验，水的浮力托着她，和妈妈的手一样安全，没有危险，不会有危险，只要划动四条腿一切OK。后来我们又多次带伊娃和乖乖去游泳，还带她们去青岛海边，又拍了很多美好的小视频。我忍不住在手机相册里翻找，无数时光在眼前划过：乖乖的小脑袋从厕所的门缝探进来，我在干吗不言而喻；乖乖在奔跑，速度快得让照片都花了；她肚皮朝天躺在窝里，原来睡觉看起来也这么可爱又好笑；唔，一条杂草丛生的小路，那是在蓝山；烈日下几片硕大的芭蕉叶闪闪发亮，是皮皮岛海滩；这张照片灰蒙蒙，什么也看不清，可我知道是细雨中的灵隐寺；还有一张湿漉漉的空长椅，阴沉天空下老楼的一角，这些照片无构图无美感，没人看得出干吗要拍它们，又干吗不删掉，只有我知道。它们复活已逝的时光，复活我的知觉，让我呼吸到彼时的空气，瞬间穿越时空，再活一遍。我已经处于遗忘状态太久了，记录的价值难以估量。如果没有手机没有高科技又怎么可能。我愿意把手机想象成一个本领超强、时刻准备着为我服务的仆人，但有时也会怀疑现实能否如我所愿，会不会相反，我被它掌控，被下蛊……

　　无论如何世界已经改变，我怎么可能不变，不过我依然相信这世上没有一样东西能就此决定人类的命运，决定权依然在我们自己手里。

农　大

再次发现乖乖尿里有血时她已经十一岁了，我带她去了中国农业大学动物医院。"农大"这名字在养动物的圈子里响当当，算是北京最权威的动物医院了，好处是医疗水平值得信任，坏处是病患多，看病检查都要排队，气氛很像人看病的医院。停车有些困难，锁好车抱乖乖走了很长一段路才到医院，一进大门人熙熙攘攘，每人都抱着自己的宝贝，抱不动的就紧拽着，或把大狗夹在两腿之间。挂了号之后是长时间的等待，我倒换着胳膊抱着我的狗，一次次凑到诊室门口查看情况，看还要等多久。大腿上忽然感觉异样，乖乖尿了，我赶紧把她放到地上，天哪，地上竟然是红红的一摊！心往下沉，眼泪不由自主地哗哗涌流，身旁的人都用同情的目光默默看着我，保洁员拿着拖把赶过来擦掉地上的血尿。总算轮到我们，走进诊室，刚刚看完病的是一条哈士奇，就听医生在说："就这样，回家给他吃点好的吧，他想吃什么就让他吃。"神经被牵动了一下，我注意地看了看狗狗，脸有些变形，眉头、鼻子、嘴上各有几处突出的肿块，可怜！主人还想再问出点什么，医生刚说的话意思已经很清楚，没有别的话可说。四个人黯然神伤，牵着他们的狗走出诊室。

对我和乖乖，医生只用了三分钟，问了情况，随即开化验单，先化验再说。又是一番缴费、等待，等待验血，等待拍片子，等待B超，等啊等，最后回到诊室门外等待医生诊断。没地方可坐，不多的座位都坐满了，我抱着乖乖坚持站在诊室门口，一个护士从我身边走进诊室，俯下身和医生说了两句话，医生起身随她走出来，怎么，他要走?! 我忍无可忍，顾不上什么礼貌，两步上前拦住医生，把化验单递到他眼前，几乎杵到他脸上，这位中年男大夫真好，一点没有不高兴，接过化验单仔细看了看，语气微带惊讶："哟，她的肾功能还可以呀！"当然这不算诊断，只是大夫即兴冒出的一句话，但我很确定化验的结果让他感到意外，情况比他想的要好。大夫匆匆走了，我的心一下放松下来，本来以为乖乖的肾快不行了，现在得到的是"还可以呀"，多好的消息！

　　但是还要继续等。我站着，抱着乖乖，背着包，攥着一沓化验单，胳膊的力气渐渐耗尽。我不再看时间，因为看也是白看，走到前台询问医院中午几点休息，下午几点上班，护士告诉我有专家号，不用等。真见鬼！立刻挂专家号。三拐两拐来到一条僻静的通道上，诊室灯光明亮，一位上年岁的医生孤零零坐在桌子后面，看过全部的化验单，诊断很简单，膀胱炎，开了消炎药，连点滴都不用打，哇！怎么能想到整整一上午的折腾结果竟然来得这么痛快。走，快快快，离开！我心里高喊。就在我抱着乖乖站起身的时候，大夫又说了一句："她的心脏可不大好。"语气并不严重，像是个提醒，我停顿了两秒钟，没有接茬儿，离开的愿望压倒一切，从大夫手里拿过化验单走出诊室。四年后乖乖的心脏真出了问题，回想起专家的那句话，如果我的态度不同，不走，坐下来认真询问，他应该会提出进一步治疗的建议，可是看到主人毫无回应，他大概想：算了，一只狗，就这样吧。

回家吃了大夫开的消炎药，乖乖的膀胱炎没几天就好了。

一辆蓝色的别克商务车停在 B 座楼下，走近时车启动了，从车里传出一阵激动的吠叫，哇，是"巧克力"和"冰激凌"！两个小家伙扒在车窗上又叫又跳，真是好久不见啦。

初次相遇是多年前一个夏天的早晨，两个毛茸茸的小白球从草地上滚过来，在透亮的朝阳里白得耀眼，天，怎么有这么好看的狗！主人，一位黑脸汉子，告诉我他俩是比熊犬，一对兄妹，哥哥叫巧克力，妹妹叫冰激凌，刚刚坐飞机从英国来，血统极其纯正，有血统证书，他们的祖母得过全英比赛大奖，说这些话时他语气平实，丝毫不让我觉得是在炫耀，尽管他大有资格，他的这两只狗狗看上去简直像好莱坞电影里的角色。

狗和人一样讲缘分，冰激凌小姐和乖乖像摔跤手似的架起身子，扭来扭去，玩得开心，而巧克力先生则对乖乖产生了浓情蜜意，紧紧追随，不愿离开。他们的主人站在一旁笑眯眯看着，我放心了，这位男士是真爱狗，因为他也一样喜欢我的小灰姑娘乖乖。

我说过，高低贵贱是人的标准，和狗没有一毛钱关系。狗狗自有他们的标准，喜欢就是喜欢，讨厌就是讨厌，见了面或欢闹纠缠，难舍难分，或不理不睬，各走各的路，还有一种情况就是彼此看不顺眼，不对付，无论什么时候遇到，站定，沉默对视，而一根看不见的导火索已经点燃，接近爆炸时喉咙里发出低沉的"呜噜呜噜"的声音，猛然间炸开！狂吠着，拼尽全力冲向对方，脖子被狗链勒住，向前的冲力使两条前腿瞬间离地，半个身子飞起来，这时候铲屎官往往惊慌失措，生拉硬拽，各自拖走，拖出很远的距离狗狗仍然愤愤喘息，情绪难以平复。他们眼里的对方竟然如此可恨，有你没我，到底是什么因素决定他们彼此亲近或无法相容呢？面对这个问题我们铲屎官们想想觉得挺好笑的，却实在搞不懂。要我说也无须什么答案，在宇宙中、造物主面前，人的理解力很可怜，我们真正依靠的能力只有爱。

我和冰激凌、巧克力的主人聊起来，他在北京开饭店，女儿在英国读书，夫妻俩刚去看望女儿回来，带回狗狗。看得出他多爱他们，和我说话时眼睛须臾不离巧克力、冰激凌，确实，这对宝贝儿实在太漂亮了，可要让我拿乖乖换，不，决不。

又到了狗的发情时节，我被乖乖拽着在小区里一圈又一圈疯转，寻找对象。视线里划过一道白色闪电，哇，巧克力来啦！乖乖的身体因兴奋而拧起，屁股撅得高高的，霎时巧克力已冲到面前，先闻闻屁股，随即一跃上身，后来干脆省去闻的过程，直线飞奔，"腾"的一下就压到乖乖背上。我虎口夺食，奋力抱起乖乖逃跑，巧克力紧追不舍，跳啊蹿哪，死命搂住我的大腿，我几乎是在和他撕扯乖乖。遛狗的是主人的亲戚，一个又高又壮的小伙儿，他插着双手，一脸笑嘻嘻，"我倒真想知道，乖乖和巧克力生出的狗会是什么样子。"听那意思是让他俩干吧，生就生，怪好玩的。

"快！抱走！"我一声大喝。

小区不能待了，奥运公园也是危机重重，剩下唯一的选择是大街。周遭的街道被我们转了个遍。傍晚准备回家了，走在马路边忽然听到几声惊悚的叫嚷，隔着小区的栅栏巧克力飞蹿的身影一晃而过，接着就见那个胖小伙儿一副狼狈相，想快追又怕摔跤，哈！完全是从天而降，我一低头巧克力已经骑到乖乖身上了，没有任何前奏，紧抱屁股开始"啪啪啪"，频率急剧加速，我只能下手，因为别无选择，在他们的性交活动进入最实质最爽之前，从乖乖身上抢走了巧克力。是，是很残忍，可没办法。乖乖有点发蒙，原地僵立不动，我死死抱住巧克力，他在我怀里玩儿命挣扎，感觉他是在用一股蛮力呼喊：乖乖！乖乖！我要乖乖！！！不能说这是爱情的力量，应该是交配的欲望吧，我却有点感动，感觉在巧克力和乖乖之间是有感情的。小伙子总算从小区大门跑出来，"呼哧呼哧"喘着粗气，从我手里接过名贵的巧克力，抬手就要打。别打！干吗打他呀！我坚决制止，他又没犯错，是天性使然。

后来巧克力的主人又买了别墅，带他们一起搬去，只偶尔回来。在别克车里看到巧克力、冰激凌之后，在小区里又一次意外遇到他们，不是两个，是五个小白球！原来爱狗的老板又养了一只比熊小姐——简，简和巧克力生了两个孩子。恭喜巧克力爸爸。

时光飞逝，那些闪闪发光的欢闹情景都已成为回忆，乖乖已经失去了雌性魅力，十三岁时她不得不做手术，把子宫卵巢全部摘除了。

晚上要睡觉时，我发现乖乖没上床，蜷在窝里埋头舔自己的下身，舔得非常投入，蹲下来查看把我吓坏了，一个红红的小瘤子从阴道里掉出来。立刻给学医的妹妹微信视频，妹夫当过医生也养过狗，他说可能是血肿，让我把瘤子推回阴道，我照做了，不过几分钟瘤子又掉出来，再推回去，还是掉出来。忧心忡忡地熬过一夜，第二天儿子很早赶来，开车带我们直奔农大。

停车还是困难，更困难，我想是因为养狗的人越来越多。报上乖乖的病例号，挂了号，轮到我们时医生只看了一眼，没有二话：手术。随即告知风险，十三岁的狗做手术最大的危险来自于麻醉，麻药有国产的还有进口的，进口的价钱是……儿子一句话打断医生："用最好的。"

护士从我手里接过乖乖，她没有叫，也没有挣扎，一定是心里明白没有用。我看着她被抱进手术室，看着两扇门关闭，剩下的只有等待了。等待真难熬，我屁股像长着刺，根本坐不住。儿子不像我，心很大，没事儿人似的说要去找个地方吃东西，问我要不要，我什么也吃不下。独自在医院里转悠，治疗室有一面大玻璃窗，我站在窗前观望，一张张台子上狗儿们在打点滴，或躺或趴，我注意到每个毛孩子身边都守着两位家长，尽管隔着玻璃也能感到那偌大的空间里凝重的气氛，沉甸甸的爱的气氛。手术室的门一直关着，我把脸贴着门缝往里看，视力所及只有一段空空的走廊和另一扇紧闭的门，没有任何动静。一个小时过去，又是半个小时，怎么还不出来，会不会出什么事？眼看着我焦躁不安的样子儿子很不以为然，我强迫自己沉住气，在椅子上坐下，坐住。可是已经快两个小时啦！我再也无法忍受，必须找人问清情况，还没有走到挂号台，身后传来儿子的叫声："妈，妈！出来啦！"

天哪，我的乖乖！只见她瘫软地躺在推车上，那么弱小无力，腿上插着针管，头上挂着吊瓶，她已经醒了，当看到我们时奋力地抬起头，小尾巴微微竖起来摇了摇，哦，我可怜的宝贝！为她做手术的是位年轻女大夫，个子不高，短短的头发，冷静的态度让人立刻产生信任感。她告诉我们麻醉的时候确实出现了问题，有点危险，但解决了，至于什么问题、有多危险，我没问她也没说，反正都过去了。术后需要输液预防炎症，输完液要关注狗狗撒尿，只要撒了尿就可以放心了。大夫和我们交谈时护士拿来一个托盘，里面放着摘除的器官和瘤子，我分不清什么是什么，心里想：好，都拿掉就好。我的手机里保存着二〇一六年四月二十八日的照片，有我、儿子，我们俩一起伸着手抚摸躺在台子上的乖乖，她身下铺着卫生纸，旁边是一架白色的仪器，小屏幕上的数字是一百，监控着输液的速度。那天晚上治疗室里还有一对年轻夫妻，守着他们做了手术的狗儿，两个人很安静，一点声音都没有，而我不停地和乖乖说亲热话，不停地叫她宝贝心肝，抚慰她，后来我听见那两个年轻人也开始和毛孩子说话，安慰起来，我觉得他们原先是不好意思，不习惯，受了我的感染。事实上狗狗为我们创造了一个世界，身在其中的铲屎官们尽可以肆意表露情感，不必羞涩，人长大进入社会之后鲜有这样的机会，往往忘了还可以这样做。

　　那天离开农大已经是晚上八点多钟，整整一天。小心地抱着乖乖走出医院大门，夜晚的空气多么新鲜，真舒服！忽然听到狗叫，高一声低一声，是那些住院的毛孩子，我为他们难过，同时又深感幸运，我们丢掉了瘤子，要回家了。

　　上楼之前我先把乖乖抱到草地上，放下，在她熟悉的草地上只见她屁股一沉，尿了！哦，太好啦！

假如真有上帝

　　大雨过后，乖乖在石板小径上停住，埋头不动。"你在看什么呀？"我问她。她不理睬我，只顾低着小脑袋。我走上前一看，哇，是条蚯蚓！多年不见蚯蚓了，觉得很新奇，脑海中浮出一首儿歌：水牛，水牛，先出犄角呀后出头哟喂……我不由四下寻找，很快发现有几只水牛钉在墙上，不细看会以为是几个泥点儿呢。又注意到脚下有拱起的颗粒状的泥土，一小撮一小撮的，是蚯蚓钻洞的作品。曾经有个小女孩儿，撅着屁股蹲在地上观察水牛，就像乖乖一样认真，看水牛怎样缓缓蠕动，两个细小的犄角左探右探，忍不住伸出手用指尖碰了碰，哇，水牛的身体立刻缩进壳里，不见了；她还站在家门口的廊子上，仰头观望屋檐上的马蜂窝，凑近细看大树上垂下的"吊死鬼儿"，用线拴住蜻蜓，看它怎么飞；养蚕，全神贯注盯着大片的桑叶怎样被蚕那小得看不见的嘴一点点吃光，吐丝的过程更让小女孩儿着迷。现在她早已变了一个人，来去匆匆，目的明确，脚长年行走在坚硬光滑的路面，已经失去了部分感知力，不光脚，还有很多知觉都失去了，或者说麻木了。如今狗狗把一副神奇的眼镜又还给她，让她看见平时看不到的事物，心上因此多了一份柔情。

我喜欢这个词，柔情。柔情既不需要对象也不需要回馈，本身就是圆满的。

美国伟大的剧作家阿尔比写了一出戏，《山羊》。主角是一位有声望的男士和他身份相当的妻子，两人都是成功人士，然而丈夫爱上了一只山羊。不是喜欢，是真的爱，爱上了。可信吗？为什么？不管你信不信，我信。至于为什么，难以回答。剧本是艺术创作，是虚构，也可以说是假的，但是人在心底究竟感到怎样的缺失，藏匿着多少痛苦、复杂微妙的渴求，谁又说得清，谁敢说是假的。

　　《山羊》的剧本是用现实主义手法写的，很极端，我并不赞赏一个男人爱上一只山羊，但我相信他。之所以信，是因为我相信动物所给予人的是同类所不能给予的。阿尔比从这里入手，向着人性的深井挖掘，如此之狠，如此之赤裸裸之刻骨，真令人心惊胆战。必须说《山羊》和爱狗是两码事儿。爱狗毫不复杂，很简单，正如流行在西方的一句话：上帝看人太孤独，就创造了狗。假如真有上帝，我想他应该是这么想的。

　　其实我一直觉得"你为什么爱他"是很愚蠢的问题。爱的发生无法解释。当然也有人会说出理由，列出一二三四，分析得头头是道，可我更相信爱的神秘，难以言说。热恋中的人彼此看不够，然而这种状态却不可能长久维持，世上最美最帅的人也有看够的时候。可我告诉你，狗看自己的主人就没有够，怎么看也不够，反过来也同样，我们也看不够自己的狗狗，永远相看两不厌，维持的时间尽可以用生命的长短衡量。看，我明明坐在电脑前写东西，打着打着字忽然就想看乖乖，非要看看她不可，立刻站起身去找，不管她在哪儿都要找到她，再凑过去，凑近，和她静静对视，这时心跳变慢，身体从内到外都感觉十分的熨帖。这虽然是我个人的经验之谈，可我相信这种感觉能代表众多铲屎官。我的一位亲戚是个警察，他的小京巴比比总爱蹲坐在他面前，用一双微凸的大圆眼睛目不转睛地看着他，看得他呀，结果说："比比呀，你把爸爸看得都不好意思了。"听他这么说我觉得挺好笑，再一想，还有比一位警察的这句话更发自真心的吗！

我们爱狗，视他们如家人，还有一种人比我们更有爱。

张越，曾经是《半边天》节目的主持人，她和一些爱护动物的人士创办了它基金，亲眼看到她所做的一件事让我铭刻在心。我们都是爱看戏的人，常有机会在剧场相遇，天桥艺术中心上演一出德国戏剧《轻松五章》，演出者是几个孩子，这出戏具有的实验性吸引很多人想看，我和张越都是最后一刻靠朋友帮助搞到票的。我准时到剧场，朋友等在门口把票给了我，我们一起等张越，可她迟迟不到。戏马上就要开演了，打电话问她，她说有事儿到不了，把票留给门口的检票员吧。那好，就按她说的办。戏演到一半张越才来，悄悄坐下看戏。演出结束她解释了晚到的原因，在开车来剧场的路上，看到一只猫倒在马路中间，被车撞得血肉模糊，她停车，打开后备厢拿出毯子准备收尸，没想到猫还在喘气，赶紧把猫送到宠物医院。医生救治的时候她赶来剧场，散了戏她还要再去宠物医院，说完就和我们匆匆分手。后来我再问，那只猫在她看戏的时候走了。

我为救助狗狗捐过钱，提着狗粮去找社区里的流浪狗，但如果马路中间躺着一条狗……我不敢想。坐朋友的车去天津，车在京津高速飞驰，突然看到前方路面上有团东西，身体本能蜷缩，"哎哟"一声闭上眼睛。朋友立刻明白，连声说："不是不是。"我慢慢才睁开眼，心"咚咚咚"跳了好一会儿。而张越的车里总放着一条毯子，为了给意外死亡的猫狗收尸。这不是胆大胆小的问题，是你的爱有多大，是不是大爱。我佩服张越，敬佩他们，他们是一类人，这类人有理想，并把心中所想付诸行动。

还有一位 B 女士也是我佩服的，这要从头说起。我们小区对面有幢三层小楼，不知是个什么公司，院子的大铁门始终关着。我发觉那里有两条狗，散养着，四处溜达早出晚归，后来两条狗变成了五条，据说是一家子。我敲开大铁门，和传达室师傅说想看看狗，他抬手一指：后院。绕过小楼，后面的院子挺大，西侧有个砖头围起的狗窝，铺了床被子，空空的，狗狗们都不在家。又一天傍晚我和乖乖从外面遛回来，走近大铁门的时候，昏暗的暮色中突然蹿出几个黑影，正是那一家子，五条狗吠叫着，前前后后围上来，乖乖从没见过这阵势，吓呆了，她的胆怯刺激了对方，其中一个"呼"地扑上来，另外四个立刻响应，齐刷刷冲上来要咬乖乖！情急之下我连喊带踢，五个家伙掉头跑进大铁门里去了。说不清从什么时候一家子的成员减少了，遇到的只有三个，再后来只看到两个，一只灰色一只土黄。我和小区的狗友打听，没人说得清，只知道那三只没了，应该是死了。剩下的一灰一黄常常在楼下没人的地方晒太阳，打盹儿，夏天卧在树荫里乘凉，每次只要看到我和乖乖出现，立刻起身钻出铁栅栏跑掉，难道他们还记得很久之前那个傍晚的遭遇？有可能。不过我更倾向于是狗的领地意识使然，他俩知道小区不是他们的地盘，我和乖乖是这儿的主人。我又去敲大铁门，传达室大爷告诉我一灰一黄是母女，白天出去转悠，晚上回楼里睡觉。哦，原来不是他俩是她俩。冬天她俩在暖阳里睡着了，我们的出现惊醒她们，我赶紧说："没事儿，没事儿，睡吧……"她们不听我的，照跑无误。平日里时常在街上看见这对母女，颠儿颠儿颠儿一前一后，有时慢悠悠有时一溜小跑，过马路稳稳当当，不在话下。时间不知不觉过去，发生了许多事，有一件事引起我的注意，大晴天，风刮得"呼呼"响，乖乖的耳朵吹得飞起来，我被风推着往前蹿，而楼后背风的空地上灰狗孤单单卧在那儿，不见黄狗的身影。怎么会？这样的情形从来没见过。我走过去，灰狗反常地卧着没动，我问她："怎么就你一个人呀？"她埋下头不理我，片刻，慢慢站起来，爬出栅栏走了。

　　现在轮到那位女士出场。我不知道她的姓名，只知道她住在 B 座，所以就叫 B 女士吧。B 女士看上去大概五十来岁，和她搭话感觉是个性格爽快又干练的人，微微严肃，我甚至想象她应该是当过领导的，退休了。她自己并不养猫养狗，可我经常看到她提着水瓶和食物去喂流浪猫狗。一个下午，正在小区里遛乖乖，远远看见 B 女士从大门走进来，让我惊奇的是那条灰狗也出现了，像是在跟着她，没错儿，就是跟着她。我不由拔腿跑过去，B 女士向我讲述了事情的经过，几天前她照常去喂狗，只见灰狗不见黄狗，立刻觉得出了问题，去小楼问看门大爷，大爷一问三不知，她转回家叫上先生两人一起出去找，没走多远就找到了，在北辰东路和大屯路的十字路口，黄狗躺在路边，被车撞了。她把黄狗抱到附近的一家宠物医院，其实那时候狗已经死了。之后的这些天里灰狗孤零零的，有时候看见她会悄无声息地跟着她走一会儿，跟到楼门口就站住不走了。她说这条狗得了抑郁症。当然，她当然会得抑郁症，日夜相守的伴儿突然没了，前所未有的孤单哪！已经是深秋，天气越来越冷，B 女士决定让灰狗到她家里睡觉，因为一身灰毛，就叫她灰灰。灰灰虽然进了门，但绝不进房间，晚上只在门口的一小块地方卧着睡觉，早上有人出门就跟出去，不知道她去哪儿，晚上又会在楼门口出现。这就是 B 女士告诉我的情况。

几天不见情况在变化，只要在小区看见 B 女士的身影，脚边必定有灰灰，就像长在她的脚跟上，寸步不离。再问，她已经彻底收养了灰灰。灰灰有家了！真为她高兴啊！为她们俩。之后只要一看见灰灰我就大声喊她的名字，灰灰！灰灰！无论多远都跑过去，她呢，紧跑两步躲到她妈身后，看得出非常缺乏安全感。日复一日，灰灰不再躲了，我和她妈聊天，她就安静地蹲在一旁守候着。对，B 女士早已不是 B 女士，是灰灰妈了。乖乖和灰灰也彼此接受，相安无事。灰灰长胖了，身子圆滚滚的，越来越自信，每天陪着妈妈一起去喂流浪猫狗，她不能告诉我是否还在想念黄狗，但是她告诉我人可以治愈狗狗的抑郁症，就像他们为我们治愈一样。

说不上从什么时候我开始担心乖乖的体力，担心她累，遛狗的时候总是走一段抱一段，行走的范围渐渐缩小，

奥运公园变得一天比一天遥远，似乎已经遥不可及了。有
天在街上，隔着马路我看见一个女人骑着共享单车，车筐
里坐着个小男孩儿，肯定是她儿子，我大吃一惊，多危险
啊！立刻大声朝她喊："嘿，你这样很危险哪！"她已经骑
远了，没理我，也许是没听见。妙不可言的是我一下被她
启发了，对，对呀！我也可以这样骑车带乖乖，不是吗！

　　说干就干。我买过一个装狗的背包，从来没用过，这
下有用了。回家找出背包，带上乖乖出门。小区门口停着
三辆共享单车，我选一辆捏捏闸，试试车铃，没问题。抱
起乖乖放进背包里，她不懂这是要干什么，有小小的挣扎，
我把背包放进车筐，把带子套在车把上，乖乖伸着脑袋扭
呀扭，我抚摸她，等她适应了不再乱动就骑上车，开始慢
慢骑，不一会儿就起劲地蹬起来。风迎面吹拂，乖乖不由
张大鼻孔享受凉爽的气流，一双大眼睛观看街景，好新奇
呀，一个从没以如此视角看到的移动世界。我们故地重游，
去她曾经玩耍的地方，放她下地，她转悠着东闻西闻。高
兴吗？我问。作为回答，她抬起头看看我。往事历历在目，
冬天的晚上，雪后，积雪在脚下发出可爱的"咯吱"声，

乖乖套着厚厚的棉衣走在中央大道上，一副熟门熟路的样子；夏天，在河边的草地坐下，乖乖先在四周巡视一番，随后趴到我身边，一起静静地看夕阳西下。记得有一次从奥运公园回家，快到小区门口一掏兜发现钥匙不见了，扭身往回跑，乖乖觉出发生了紧急情况，紧紧跟着我跑，不时碰到我的脚后跟儿，我低头看看，却顾不上她。跑遍那天我们走过的路也没有找到钥匙，天气很热，我一屁股坐到路边的凳子上，乖乖蹲在地上，吐着小舌头哈哈哈哈大口喘气……

　　生活中总有个声音在说，这件事很重要，那件事很重要，你必须做，应该做，于是各种忙碌、繁难、热闹，狗狗默默不语，在家里等着你，依偎着你，用鼻子拱你的手，让你摸他们，撸他们，让你做一个简单的人，享受简简单单的快乐。

　　以奥运公园标志性的"五颗大钉子"为背景，我用手机自拍，照片上的乖乖是个大大的侧脸，嘴边露出一颗牙，几根白胡子清晰可见，眼睛微微眯起望向远方，我在她后面露出小半张脸，眼望镜头，笑得非常开心。

你和我

只要没有特殊事情，每天上午我都坐到电脑前，不管能写多少我都会写。写作对我来说最现实的意义是：再多的烦恼一旦进入写作状态就瞬间消失。点开文件的动作像是念一句咒语：妖魔鬼怪快滚开！果然它们就滚啦。

在二〇一七到二〇一九的两年间我一直在写一本回忆

录《你和我》，说回忆录并不完全准确，当然，书里的内容是回忆我的妈妈和爸爸，但最深层的动机是表达，表达那种无法报答妈妈给予我爱的痛苦。我爱她，可爱得不够，今生再也没有机会了，这令我无法释怀。对爸爸是另一种感觉，他活到八十六岁，算长寿，能为他做的都做了，可我心里却怀着深深的遗憾。只因为我实在太傻，太愚蠢，他是这世上和我最相知的人，再没有第二个，遗憾的是在写《你和我》这本书的过程中我才强烈地意识到这点，却已经永远失去。

写作是不会骗人的，除非你想骗自己。也可以换个说法，写作是不会放过你的，除非你想放过自己。我不是没有过放过自己，有时候不得不放过。曾经写了不少电视剧，老实说除了《空镜子》和《女人心事》我自己都没看过，我并不关心它们长什么样，也不在乎别人怎么看，因为它们最终长成什么样子由不得我，完全不是我能控制的，需要的是放下，而不是执着。剧本一旦写完就痛快地说拜拜。

再看写《你和我》。去医院拿药顺便量了一下血压，竟然 178/110，医生立刻开药让我当时就吃。身体对写作的这种反应前所未有，想想也不意外，因为有生以来我第一次体会到写作需要拿出勇气，要付出代价。妈妈爸爸，给我生命的人，那些关于他们的已经封存的痛苦记忆，要挖掘出来，要把内心的种种情感兜底翻个遍，为什么？为什么要自己折磨自己？！回答只有一个：真实。我爱的是真实的他们，唱赞歌配不上他们的生命。

写妈妈写得心碎，感觉要窒息，"啪"地合上电脑，起身出门。走在大街上，把自己放逐到熙来攘往的人流之中，没人知道我心里发生了什么，真孤独啊！一张张脸迎面而来又擦身而过，他们是谁？我当然不会回头去看，看也是白看，谁我都不认识，这时候我意识到其实每个人都一样，心藏各自的伤痛走自己的路。在外面走了一大圈，该回家了，用钥匙打开门，乖乖在门口等我，"啾啾啾"叫着扑到我身上，我抱起她，她陡地伸出小舌头舔一下我的鼻子，哦，知道知道，我的乖乖，我有你，有你。

这是真的，狗狗是生活中的稳定器。无论人遭遇怎样的困境，感觉多痛苦，你的狗对你的态度始终如一，只告诉你一件事，我在这儿，你还有我，无论出了什么事我都在你身边。在《你和我》里我也写了乖乖，怎么能没有她呢，她的存在是那么重要，像妈妈爸爸一样是我的亲人。那时候我当然没想到日后会为她写本书，只是为记录那段写作时期的真实生活，我写下对她的承诺：我要让乖乖做一只幸福的老狗。我妹妹看到这句话感到不安："别这么说，干吗要说老狗。"她是觉得这样说隐含某种不祥的暗示。我却不以为意，老了就是老了，有什么大不了的，很自然，而且我相信让她幸福是我一定能做到的。可现实并非如此。

　　现实……奇怪，现实只在显露出糟糕一面时才被意识到，很少有人把欢乐幸福称之为现实。贫穷是现实，病痛是现实，而衰老，每时每刻都在发生，却往往不知不觉，一旦发现也成了现实。那天正在小区里遛狗，街上传来一声莫名的巨响，我吓了一大跳，立刻看乖乖，想不到她老人家毫无反应，平静地走她的路，这可不对头！乖乖对声音极其敏感，任何一点儿动静都能把她吓得半死，哪怕楼上挪一下椅子她都从沙发上惊起，逃到不知哪儿去。眼前的情形让我猛然间意识到是听力，她的听力大大减弱，也许已经聋了。回想起来迹象早就有，从来出门时我都和乖乖说："妈妈出去有事儿，一会儿就回来，你在家里乖乖等着。"她完全明白我的意思，很踏实。回家时门一开，她就活蹦乱跳地扑上来，激动地叫：妈妈，妈妈，你回来啦！大约半年前，我开门进屋不见乖乖出现，也没有声音，开始我以为是她睡着了，她确实睡着了，但其实是她根本没有听见我回来的动静。再后来我回家她总是在门口，有时候推门会碰到她的身体，因为她紧贴着门躺着，她知道自己听不见了，只能靠触觉感知妈妈什么时候回家。人老了也会耳聋，我爸爸就是，可人明白这是一种退化的现象，狗明白吗？不明白的话她会不会困惑，会是什么感觉？我在网上搜老年犬耳聋的问题，没有太多说法，找不到相关的专业性文章。遛狗的时候乖乖走几步就回头看看我，看我在不在，如果我站立不动，她也站立不动。我照旧叫她"乖乖"，照旧说"走，咱们回家吧"。虽然我知道她听不见了，同时我再加上大幅度的动作，向她招手示意：来，往这边走！这边！一般她会迟疑一会儿，然后就顺应我的手势走过来。有时候我走上前，用手轻触她的后背，带领她跟随我。有声世界就这样远去了，四下寂静无声，乖乖也许觉得奇怪，妈妈为什么不再和我说话，我怎么听不到妈妈的声音了？想到她再也听不见我和她说我有多爱她，得不到我声音的抚慰，心里很难过。我更多地摸她，用抚摸代替声音。再想想，或许有另一种可能，她并不为此困扰，甚至觉得安全。但愿如此。

匹特，楼里的另一条雪纳瑞，也听不见了，奥迪已经看不见了，还有一条叫金贵的狗狗也看不见了，可他们照样走他们的路，过他们的时光。人和动物，身体的病痛大约相差无几，可要论活着的态度却有天壤之别。看看身边的狗狗，他们能吃就吃，能看就看，不能看就听，听不见就闻，坦然接受生命的每一步进程。和狗狗朝夕相处这么多年，总应该从他们身上学到一些，我却差得远。面对乖乖的任何不适、病痛我往往夸大感受，很难做到镇定处之。也许因为写作需要设身处地体会他人的感觉，神经变得过于敏感，没法子。

不可逆

　　二〇一九年，刚过完新年没两天，早上天还没亮，我被一阵奇怪的声音弄醒了。屋子里很暗，窗帘上透进微光，瞬间的懵懂之后我意识到是身边的乖乖，她在咳嗽，不光咳嗽，还像是呕吐。我赶紧伸手拧亮台灯，灯光里乖乖弓着身子，想吐又吐不出，喉头一阵阵痉挛，很痛苦，我的心抽得紧紧的，看着她，却不知道能做什么，事实是什么也做不了。糟糕的情形持续了两三分钟开始缓解，她的身体一点点松弛下来，小心地趴下，不再动。我凑近盯着她，她闭上眼，喘着，气息逐渐均匀，继续观察了一会儿，心慢慢放下来，想：过去了，过去了。

　　早上果然一切正常，吃饭，带她出去遛，撒尿，都很正常。我把黎明前的发作当成一桩偶然事件。可我错了，疾病有它的规律，才不管你怎么想。午饭后我忽然发现乖乖站立在走道中间，身体僵硬，大口地吞咽空气，喉咙像被什么卡住，发出"咳咳咳"的声音，我蹲到她身边，心里仍然怀着一丝侥幸，三分钟、五分钟，也许更长，一切没有停止，我再不能忍受，一把抱起她："走，咱们去医院。"我儿子立刻说："我跟你一块儿去。"说着转身去穿衣服。这两天住在儿子家，附近就有一家规模不小的宠物医院，十来分钟的路程乖乖在我怀里紧张不安，四下张望，停车场的栏杆刚抬起来就开始剧烈哆嗦，连咳嗽都顾不上了。

　　需要做多项检查，首先要量血压。护士让我们在诊室等候，不一会儿一个穿白大褂的小伙子快步走进来："放到这儿。"他示意房间里的一张台子，儿子从我手里接过乖乖放到台子上，我还没弄明白怎么回事，小伙子已经抓住乖乖的腿开始剃毛。乖乖反应过来疯狂反抗，幸亏是我儿子抱着她，如果是我很可能她已经挣脱摔到地上了。混乱之中只听我儿子厉声命令："你出去！别待在这儿！"我领会了他的意思，立即服从。是的，有我在场乖乖的情绪会加倍激动。我退出诊疗室，关上门。门上有个小玻璃窗，我探着头从小窗偷看，哦，乖乖把头埋在她哥哥怀里，不再挣扎。测量的结果很吓人，血压一百九十，随后她就被抱走，去做其他检查，不允许主人再跟随。

我不能肯定哪种做法对狗狗更好或不好，主人总觉得自己在场能安抚毛孩子，减少他们心里的恐惧，但也许主人的不安或悲伤会影响狗狗。儿子就多次指出乖乖很容易受我影响，往往是我把紧张情绪传递给她，使她更加不安。他的话有理。

医院前厅的自动玻璃门开开合合，爸妈们领着毛孩子进进出出，几个人坐在椅子上等待，抱着狗狗抚摸着。我在他们之间坐下，感觉到一种和人的医院不一样的气氛，在我们的医院里生病、重症、垂危的人会使气氛格外压抑，而狗狗尽管病了仍然可爱，蜷伏在铲屎官怀里，乖得让人心疼。这是上帝的恩赐，一条狗，即便被病痛折磨，即便衰老，不久于世间，可他们仍然像孩子。这里很安静，听不到喧闹，没人说话，因为他们——我们的毛孩子从不说话，我们也就学到了这样一种难能可贵的表达方式，一切储藏在心底。门又开了，进来一只活泼的狗，是来打疫苗的，主人轻松自在，多么羡慕她。

　　检查完毕，超声显示乖乖的左心室左心房严重扩张，二尖瓣膜增厚，脱垂，反流，闭合不全，瘤样变，我搞不懂这么多医学术语究竟是什么意思，最让我害怕的是"瘤样变"三个字，是肿瘤吗？李大夫，一位戴眼镜的姑娘，回答了我的问题：二尖瓣黏液瘤样变的意思是二尖瓣变厚了，二尖瓣退行性变化。"退行性"三个字似乎让我松了口气，依据我的理解这是一个过程，甚至是一种自然会发生的事。我的膝盖不也在退行的过程中吗，还有其他器官。当时我根本没有想到乖乖比我老，老得多。人总是急于相信自己想相信的。

李大夫开了四种药：匹莫苯丹、F5、速尿、肺心康。用她的话：终身服药。我只想知道一件事，就直截了当地问："像乖乖这种情况还能活多久？"李大夫微微迟疑了一下："维持得好，还能有几年吧。"

几年？真的吗？乖乖已经十五岁多了，她能如我所希望的活到十八岁？可我没有再追问，因为我感觉到李大夫是在安抚我，大冬天，我满身是汗，头发根儿全汗湿了。抱着乖乖从椅子上起身，准备离开诊室，我忍不住又问了一个问题："吃药能让她的病好转吗？"这回李大夫语气坚定："不能。她的心脏病是退行性的，不可逆的。"明白了，就是说只会越来越糟。

心脏病、心衰是老龄犬的常见病，据说发病率有百分之二十五，而在十三岁以上的狗狗当中发病率上升到百分之三十三，就是三分之一。之后的每天为了吃药都必须和乖乖进行一场小型战争，各种挣扎、抵抗、追逐、搏斗，取胜的当然是我，可这胜利多么令人不快，我多想举手投降啊，但是不能。最终的办法是把她紧紧夹在腋下，手指捏住药片，果断地伸进她嘴里，尽可能塞得深，塞进喉咙，飞速撤出手攥住她突出的小鼻子，紧紧攥住，让她不能动、无法张嘴，就这么攥着、攥着，直到她咽下去。攥的时间越来越长，因为她越来越顽固，两分钟过去了，我松开手，她一低头把药片吐出来，气死我啦！没办法，只能再来一遍。我努力尝试其他办法，把药片碾成粉末和肉混在一起，用她爱吃的各种肉把药片包裹起来，一开始她会上当，但是骗不了两天。书上说狗的味觉并不灵敏，所以可以长时间吃一种东西，譬如狗粮，乖乖的表现却让我对此说法十分怀疑，她什么都尝得出，骗不了她，最后还是得来硬的。有时在争斗的过程中我不得不喘口气，和她说："妈妈也不愿意这样，可是不这样不行，这是为你好。"同样的话如果对儿女说是多么不知趣，只会招致反感，可乖乖听不懂，我为了疏解情绪想说什么就说什么，无所顾忌。

　　爱本来就包括着责任，责任是有分量的，爱得越深分量越重，但是我们，铲屎官们，我们不会被压垮。

　　二〇一九年七月，大暑，酷热。晚上睡觉必须开空调。

乖乖不愿睡在床上，自己跳到小沙发上去了，虽然我那么想和她一起睡，但绝不勉强她。

很多研究表明养狗对人体健康大有益处，哈佛大学发布的《健康调查报告》说养狗的人通常血压更低，心率更稳定，斯坦福大学的研究人员发现经常和狗狗在一起能增强免疫力，甚至看到有临床上采取让狗狗参与心理疾病的治疗，其中的奥秘是什么我并不懂，但是身体告诉我他们说得一点儿不错。每当夜晚我平躺在床上，把乖乖抱到胸前，心脏立刻感受到一股温柔的重力，脉搏在她小小身体的压力下跳动，把血液泵到全身，每个细胞仿佛都在涨大，充盈着，呼吸变得深沉、平稳，通体舒畅。这可不是夸大其词，百分之百的真实感受。没有男人抱的时候可以抱狗，没有女人抱的时候可以抱狗，没有孩子抱的时候同样可以抱狗，原因很简单，就用弗洛伊德的一句话作答吧，"我们必须去爱，否则我们就会生病"。

要睡了，关灯之前我从枕头上抬起头看看乖乖，这一看又忍不住下床。她听不见，静静地趴在沙发上睡着，真想摸摸她，但我管住自己，管住手和情绪，睡吧，妈妈不打扰你，我心里说。其实床和沙发的距离大概不到三米，我却有种舍不得离开的感觉，就在这时乖乖睁开眼睛，哦，她感觉到了我的存在，我们之间有心灵感应。于是我不再顾虑，伸手摸她的头，摸她的背，手劲儿由小变大，由轻变重，我纵情地摸她，用手掌的压力释放心里的爱，她也同样回馈给我。终于我转身回到床上躺下，最后再看她一眼，她以不变的姿势趴在沙发上，也在看着我。

关灯。

希　望

我爸爸的剧作《北京人》在全国巡演，七月二十七、二十八号在厦门有两场演出，我去了。《北京人》是一出格外好看的戏，一个个活生生的人物之间本真、扭曲、纠缠不已的关系让我看得入迷，看了还想看。二十八号下午场，走进剧场时场灯已经黑了，音乐响起来，舞台上灯光渐亮，我脖子上挂着全场通行的牌子，弓着腰，小心地沿着倾斜的通道向前走，一眼看到通道旁有个座位空着，赶紧坐下。

戏大约演了十分钟，忽然觉得有人在碰我的胳膊，扭脸一看是大山，《北京人》剧组的"大管家"，他半蹲在走道上，凑到我耳旁说："老师，你出来一下。"

从黑暗中来到明亮的大厅，"啥事呀？"我轻松地问，"是浇浇来电话。"大山回答。我的心一沉，因为手机调到静音我没听到儿媳的电话，她把电话打给大山，让他转告我乖乖情况不好。我立刻想起中午接到儿子一个电话，问我第二天什么时候回去，我告诉他明天下午三点左右。他说成，知道了，再没说别的。这时我明白了，儿子是在权衡要不要叫我赶回去，他不想让我着急。七月末的厦门天气燠热，大理石地面在阳光强烈的照射下令人昏眩，我站在空旷的大厅里发怔，像被什么罩住了。通往后台的门里匆匆走出一个人，总制作人可然，他径直走到我面前拉住我的手，没有说话，大概是不知道说什么好。是的，他们都知道乖乖对我意味着什么。一股直觉让我冲口而出："我不相信乖乖会死。"这是真话，我真的不相信，但是我能确定吗？我拿出手机拨通了儿子的电话，他告诉我昨天夜里、前天夜里乖乖都咳喘得厉害，中午又犯了一次，他很担心，怕万一……我懂他的意思。

大山说可以改签机票，晚上七点半有一趟飞北京的。现在是下午四点。一时间没人说话，等我决定。是什么让我迟疑？是正在上演的《北京人》还是晚上和剧组的聚餐畅聊？还是……站在身边的可然一定感觉到我的犹豫，说："反正来得及，先进去再看一会儿戏。"说着就拉着我朝剧场里走，这时身体就像一具空空的躯壳，他的一点点引力就把我带走了。舞台上第一幕仍在进行，我们在靠后的两个空位上坐下，剧场里冷气十足，但是汗珠顺着我的后脖颈一串串流下来，不停地流，后背的衣服很快湿透。身体不会骗人，什么也瞒不过它，我很想看完《北京人》，很想在演出结束之后和大家一起吃吃喝喝，聊戏聊个够，但是心里一刻比一刻更明确，不行，我受不了。我扭过头，低声对可然说："我还是回去。"

可然坚持要送我去机场，他深谙人性，知道孤单会让人的忧虑加倍。匆匆回酒店拿了箱子就走，到机场时间还早，找地方坐下，可然给自己要了一个冰激凌，我要了杯柠檬茶。我俩围坐的小圆桌很小很小，像玩具，可然，一位穿着体面的中年男士，手里举着绿色的冰激凌蛋卷，伸出舌头一下一下舔哪舔哪，我离得很近地看着他，他舔得那么投入，专心致志，以一种孩子般的满足语气突然说："真好吃，太好吃啦！"我微感意外，"扑哧"笑出来。坐在小桌旁我们随意闲聊，聊了各种话题，看似是在打发时间，然而厦门高崎机场、好吃的绿色冰激凌、那段短暂时光将鲜活地保存在我的记忆里。谢谢你可然。

准时登机。天气预报说北京下雨，不由担心影响航程，同时明白任何担心都毫无用处。舱门关闭，发动机启动，哦，机窗外的景物开始移动，飞机向跑道平稳行进，轰鸣声变得剧烈，多么令人振奋的声音！眨眼间厦门市已在脚下，一片片密密麻麻的灯光，长串的灯光是跨海大桥。飞机上升到一定高度发现天并没有全黑，西天还有一抹灰蓝，映衬出山峰似的黑云，哇！一道闪电，又一道！云团在瞬间显出张牙舞爪的边缘。我把脸紧贴在窗上，想象那乌云密布之下的大地多么可怖，而我在它之上，俯瞰着。灯光越来越稀疏，大地渐渐陷入黑暗。起飞时机长广播说飞机大约十点十五分到达北京，快十点的时候广播忽然响起，传出机长的声音，由于北京天气的原因，不能降落，飞机备降烟台，"飞机马上就要降落，请各位系好安全带"。

　　我怔了怔，反应过来，果断地从包里摸出安眠药，佐匹克隆，吞下一粒，目的是让感觉变迟钝些，免于被焦虑折磨。时间已经很晚了，烟台机场的候机楼空空荡荡，在休息室的角落我找到一张按摩椅，药效开始发挥作用，在一种怪怪的不知身在何处的感觉中我睡着了。半夜一点多飞机再次起飞，落地时北京仍然在下雨，停机坪反射出一片雨点的闪光。用滴滴半天叫不到车，只能给儿子打电话让他来接，刚挂断电话，滴滴有了回应，赶紧让儿子不要来了。

　　推开门，屋里灯光大亮，儿子儿媳在客厅里等着我。乖乖颠儿颠儿颠儿地向我跑过来，一如往常的样子，我蹲下身，欢喜地抱起她："乖呀乖呀，你是不是让妈妈修行啊，是吗？"就像是回答我，她立即咳喘起来，然而时间并不长，一会儿就止住了。

　　早上四点，天还黑着，我抱着乖乖上床睡觉。

　　睁眼时天已经亮了，身边的乖乖忽然爬起来，跳下床去。好困哪，咬着牙爬起来，跟上她。只见她在客厅里打转，有些慌乱，接着屁股一沉，在地上拉了一泡稀，水泻。我收拾了，然后又抱起她上床接着睡。上午起床后保姆小张告诉我乖乖在客厅又拉了两次，我竟然一点儿不知道。在抚养乖乖的十几年里我已经养成习惯，总要亲眼看到她大便才放心，铲屎官这名字绝不是白叫的。早年间乖乖拉稀我很紧张，后来发现不吃药、注意饮食很快会好，前两天遛她的时候她也有点儿拉稀，第二天就正常了，所以这次也觉得不是大问题。吃过午饭按计划带乖乖去医院拍片子，了解她的病是否加重，还是儿子开车，我抱着乖乖。和上次不同的是她不再被街景吸引，到了医院也顾不上哆嗦，一直张着嘴在咳，每一次呼吸喉咙里都发出"咯咯"的声音。一位年轻的男大夫接诊，他当然同意拍片子，但是乖乖喘得太厉害没办法拍，先要吸氧。我想好啊，吸吸氧一定有好处，殊不知很难办到，因为乖乖死也不干，头扭来扭去躲避氧气罩，一挣扎喘得更剧烈了。有经验的护士拿来手术后用的项圈套到她脖子上，再用保鲜膜从上面把她的脑袋整个封住，把氧气管插进去，留出一点儿缝隙，这个过程也不容易，乖乖一直在挣扎，每分钟心跳一百一十多次，急促得吓人。儿子有点儿气急败坏，对我呵斥："你走，别待在这儿，走！"我立刻放手，躲到走道上去。

我在长凳上坐下，很快又站起来，小心地走过去偷看。一排氧气罐隔成几个小隔断，乖乖蹲坐在其中一个隔断里，儿子坐在她前面按着她，尽力不让她动，看得出她有多紧张，周围的一切都让她感到不安。旁边的隔断里一只小泰迪也在吸氧，不声不响的，一个女孩儿安稳地坐在椅子上守着她的小宝贝。偷看一会儿我转身走开，胡乱地走来走去，一回头儿子朝我走近，说："刚才你在的时候乖乖心跳一百二，我在变成六十多，现在护士守着她心跳二十几。"他意味深长的眼神里带着些许责怪，怪我把紧张情绪传染给乖乖。二十几下，太好了。

拍了片子，乖乖的心脏又变大了一些，肺里有少许积水，不多。给她打了利尿的针，医生让她再吸会儿氧。我和儿子在前厅等着，自动门一开就有一股热浪从外面涌进来，想起冬天抱她来这里查出心脏病，已经过去了半年。平日我们对时间的逝去并无知觉，谁又能在生活中时时感知呢，没有人吧。现在乖乖的片子让我清楚地看到时间带来的变化。

儿子走开，找地方抽烟去了。一会儿忽然出现在我面前，语气急促："乖乖尿了，还拉了！"我赶紧跟着他跑过去，处置室的地上一大摊黄色的黏液，我闻到一股浓烈的臭味，乖乖傻傻地站在一边，我立刻想要收拾，医生和护士阻止了我："不用不用，我们来。"这些年轻的医生和护士专业又敬业，小动物们有福。

已经没有什么别的治疗办法了，大夫在一直吃的四种药之外又加了一种螺内酯，还开了止泻药坦必欣。我抱着虚弱的乖乖，拿了药准备回家，又想起一个问题，赶紧返回去找大夫问："乖乖的心跳多少次算正常？"大夫告诉我在她最平静的情况下，比如睡觉，如果每分钟超过六十次，就很不好。"那她一定超过了。"凭直觉我冲口而出，大夫看着我没有再说话。

　　我们回家了。乖乖在我怀里昏睡，我抱着她坐到阳台的椅子上，她的身体瘫软，呼吸微弱，儿子在另一张椅子上坐下，儿媳站在旁边，我们三个人都看着乖乖。我默默流泪，儿媳轻声说："她已经很幸福了，也不难受了，她肯定是不难受了，这会儿就困了，睡吧，挺好的……"一边说一边用手机拍视频。我明白她的意思，她要记录下这场告别。我们要告别了吗，我的宝贝？也许生物真的有第六感，就在这一刻乖乖的头抬起来了，睁开眼睛，张嘴喘息，下一分钟她扭过小脸，看了看正拍她的姐姐，姐姐立刻回应："哦，你醒了呀乖乖……"她又仰起脸看了看我，黑眼睛水汪汪的，无限温柔，我真的觉得她是在和我说再见，我说不出话来。她的脖子已经没劲儿，撑不住脑袋，又瘫到我怀里。泪水蒙住眼睛，什么都看不见了，我只能用手轻轻地抚摸她，抚摸她，抚摸她。

　　傍晚就这样过去，夜晚来临，乖乖躺在床上一动不动地昏睡。吃过晚饭，儿子和儿媳在客厅看电视，我躺在乖乖身边一面看 iPad 一面观察她的肚皮是不是在起伏，是。床头灯下她背朝着我，小小的身体弓起着，可怜又可爱。

她病成这个样子我还是忍不住拿起手机拍了照，并不是为了纪念，只因为她惹人爱怜的模样。这已经成了我的习惯，无论她美还是丑，可爱、可笑还是可气，我都会不由自主拿起手机。我的手机相册里百分之五十以上都是她的照片。我们不都是这样吗，各位铲屎官。

已经快一点了，乖乖始终一个姿势睡着，除了喘息没有任何动静。儿媳推门进来问乖乖怎么样，凑到床前看她，乖乖一下醒了，身子动了动，然后站起来，吃力地走向床边。我猜不出她想干什么，就顺她的意抱她下床，她一步步走向房门口，走出门，来到走道，身子微微摇晃，虚弱得差一点儿倒下，茫茫然转了一圈又转回房间，走向床前。我赶紧又把她抱到床上，她奋力爬上枕头，身体陷在枕头和床头的缝隙之间，闭上眼睛。我看着她，看了好一会儿，一个声音悄悄告诉我：乖乖也许真的不行了。我走出房间，餐厅亮着灯，儿媳坐在餐桌前吃东西，我说："我觉得乖乖这次像是不行了。"她同意："是，是不行了。"

不安的一夜。晨光透过窗帘，屋子里灰蒙蒙的，乖乖依然在枕头上睡着，依然有呼吸，确定之后我闭眼接着睡。

再醒来时天已经大亮，乖乖还在睡着，我摸了摸她，她睁开眼睛，出乎意料的是我一起床她也要起床，从枕头上爬起来走到床边，我把她抱到地上，她走向门口，走出房间，虽然很慢，但没有摇晃，步子平稳。

一个常识被我们忽略了，俗话说：好汉经不住三泡稀，近一百岁的乖乖其实是被水泻搞垮了。当我喂她吃了坦必欣，止住溏便，她渐渐有了力气。一整天她都在恢复之中，喝水，慢悠悠地走走，趴下休息、睡觉，晚上还吃了饭，没敢给她多吃，只有平时的一半，对吃她依然很有兴趣。看她吃东西的样子儿媳不由大声感叹："乖乖啊，你可真行，说没事儿就没事儿了，你也太厉害啦！"

她是很厉害，虽然老了，但还是比人厉害。

过了两天儿媳才把她拍的那段视频发给我："现在乖乖好了，不然我怕你看了受不了。"镜头里，乖乖以一种有点儿奇怪的姿势趴在我的腿上，身子瘫软倾斜，好像就要掉到地上了，可当时我毫无觉察。我看到她怎样抬起头，怎样看了看镜头，大概有五秒钟，也许更短，那双眼睛啊！我无法形容。那样纯洁的注视世上罕见，绝无仅有。

然后她的脑袋缓缓垂下去，躺回到我腿上。

　　"我的宝贝，她的生命已经走过十六年，算起来她比爸爸都要年长，快一百岁了。我接受了所有她带给我的快乐，我也要接受她离去的悲痛。妈妈走的时候我没有任何准备，我不认识死亡，对它茫然无知。我不确定该用'它'还是'他'还是'她'，死亡是否也有性别？后来爸爸老了，在医院里住了好几年，按说我心里应该是有准备的，然而理智和情感根本不是一回事儿，我从来也没有正面地认真地看向死亡，死亡仍然像一道闪电，黑色的闪电。我的丈夫，他得的是癌症，九个月的时间我不得不看着他经历正在死去的过程，前半段他自己并不知道，而我知道，根据我国的惯例大夫只告诉了亲属。死亡是那样的冷酷，穷凶极恶，那个过程的每一分钟我都不想再次经历……好吧，从今天起我要开始为乖乖而准备，好好地准备，要和以前有所不同，要有进步。但是，当那一天来临，准备和没有准备真的会不一样吗？我怀疑。"

　　以上这段文字是我在《你和我》这本书中写的。我不知道我是不是真的在准备，说老实话我并不知道该怎样准备。看，乖乖在"啾啾啾"叫，向我要吃的，该不该满足她，让她随便吃，敞开吃？不，还没到"她想吃什么就让她吃吧"的阶段，我认为不到，还没有截止期，她会活下去，所以不能多吃，吃多了又要吐了。可是这样做对吗？

今年夏天不算太热，但是立秋后天气却极端反常地热起来。一连十几天，早晨睁开眼就看到窗外碧空万里，一个大晴天接着一个大晴天！太阳光直击大地，裸露的土地变得发白，马路在骄阳的暴晒下发烫。九月八号的最高气温达到三十七度，据报道是北京九月里的历史最高值，官方发布了高温预警。

乖乖很多天没洗澡了，晚上给她洗了澡，洗好后把毛巾铺在淋浴房门前，招呼她出来，她一动不动，好像不明白自己该干什么，我发觉她的身体微微摇晃，天哪，她要支撑不住了。我赶紧用准备好的大毛巾裹住浑身湿透的她，抱到怀里，体位的变化使她开始咳嗽，咳呀咳呀咳呀……我什么动作也不敢做，坚持以一个姿势抱着她，等待着，等了好一会儿她平复了一些，我才轻轻、轻轻地给她擦拭身体，没敢再用吹风机。我意识到洗澡已经成了问题，再一想，如果我到了九十多岁怎么洗澡。知道了，必须非常小心，必须选身体和精神状况比较好的时候，绝不能随随便便就洗个澡了。

我不再带乖乖去医院，医生对我说："她岁数太大了，不用再折腾她。"我明白这话的意思，来也是白来，没有别的治疗办法。我在网上找到医院开的那几种药：匹莫苯丹、F5、肺心康、速尿，比医院便宜，重要的是看了很多铲屎官的评论，是正品。螺内酯网上那家没有，我还是去医院找大夫开。大夫嘱咐我乖乖肺里有积液，吃"速尿"是必需的，尿得越多越好，于是每天遛她的次数增加到五六次，甚至更多。昨天夜里，准确地说是今天早晨，我睡得正香，忽然一下就醒了，黑暗中我感觉乖乖爬起来在床上走来走去，我没有开灯，暗自希望她趴下继续睡，可她不，一个黑乎乎的影子站立不动，似乎在迟疑，随后走到床沿站住，可以肯定她是想下床，但有些畏惧，因为床的高度现在对她来说过于高了。大半夜的她需要什么，想干什么？在脑子里把各种可能迅速过了一遍，没有多少选项，只能一咬牙翻身下床，飞快地套上裤子，抱起她出门，下楼，来到院子里。

　　果然，我刚把她放到草地上她立刻蹲下身尿了，我的判断是对的。四下里黑黢黢，昏暗的照明灯映出草坪上乖乖小小的身影，我忽然觉得有点儿好笑，时间是深夜两点多，而我五分钟之前还在睡梦中。四下安静极了，听不到任何动静，城市在熟睡……天，就在我这么想的时刻，突然间听见一个声音，那声音像是从黑夜的隧道入口冲进来，是摩托车！骑手有意拿掉消声器，"突突突突"的巨大声响不仅刺耳，甚至让人感觉恐怖，仿佛是一股迅速逼近的可怕威胁。大约几十秒钟，不会更长，音量升高升高升高，仿佛没有顶点，不可能停止，终于出现转折，开始减弱，远去，最终消失。余音在寂静的黑夜里颤抖。爽，是吗？请问那位摩托车上的风驰电掣先生或女士。

　　人的欲望难测。我抱起撒完尿的乖乖，上楼回家接着睡觉。

生　活

　　我感觉累，情绪低沉，心像被一把钳子时时捏住，不好过。实在难过的时候我在心里对自己说：想想人家。这个"人家"不是泛指，不是指那些处于种种艰难境地的人，是个铲屎官。我和她认识大约有十年了，从没问过彼此的姓名，狗狗的名字就是我们的名字。她养了两条泰迪，咖咖和啡啡，先养咖咖，为了给咖咖找个伴儿又养了啡啡。咖咖有一双棕色的眼睛，像是狗界的外国人，啡啡一身灰毛，是个非常听话的姑娘。咖啡妈苗条白净，五官小巧，看上去很像南方人，其实是个北京大妞，穿着总是很精致，或淡雅或活泼，我忍不住夸她的衣服好看，她立刻把链接发给我，告诉我在网上买一点不贵。什么问题在她那儿都有答案，狗狗怎么驱虫，在哪儿买药，用什么洗浴液好。天冷了，我抱怨给乖乖买的衣服都不合身，尺寸总是不对，她给了我两件咖啡穿过的衣服，一件有一处小小的补丁，补得十分完美，乖乖穿上正合适。熟悉之后也会聊些别的，她早早就退休了，但是每天很忙，陪父亲看病、拿药，父亲住院不肯吃医院的饭，她就做饭送去，还要去看母亲，还要回家给儿子做饭，还喂流浪猫。去超市买东西遇到她，她告诉我打算给儿子和先生做什么好吃的，又告诉我怎么做。再后来她才和我说她先生患胰腺癌，已经维持几年了。癌症，让我想起自己可怕的经历，可是看看眼前这位女性，在咖啡妈身上看不到悲苦，种种要做的事、要担负的责任在她都那么平平常常，没什么大不了，该怎样就怎样，并不是认命，是一种骨子里的坦然。断断续续听她说儿子如何考大学，上了南方的大学，学摄影，需要买什么型号的相机，爸妈进了养老院，爸爸犯心脏病又住院了，儿子毕业回北京，进了一家公司。一天我看她变换了发型，一头顺滑的长发剪短了，很好看，显得更年轻，我问她在哪儿剪的，她把美发店地址、理发师的联系方式都告诉我，说得一清二楚。很长一段时间没有看到她，也没有看到咖咖和啡啡，时间长到我觉得有些诧异，他们怎么了，搬走了吗？遇到一位小区的狗友我不由打听，怎么会想到，再也想不到，她儿子得了白血病，她为儿子做了骨髓移植。

磨难是生活的本质吗？也许。但人不该被打倒，不会被打倒，咖啡妈让我相信了。终于有一天又在小区遇到她，她告诉我儿子已经出院回家了，她说的各种药各种检查指标我不懂，说她爸妈在养老院里还好，先生还那样，情况基本稳定，一句也没有提到她自己。我注意看着她听她说话，她真的没变，脸上没有一丝悲苦的阴影，一句抱怨诉苦的话也没有，生活中所有发生的一切对她似乎还是平平常常，活着就是这样子，不必叹息。在街上又看到她，隔着一条马路，远远看见的还是那个苗条好看的女人，看上去生活美满的女人。又看到了咖咖啡啡，他们的妈妈一如既往地跟在他们后面，一人二狗。世界上有一种战士是与生俱来的，他们的词典里没有"放弃"这个词，他们特别健康，真正的健康。咖啡妈就是。而我自愧不如。

乖 呀 乖

岁 月

　　乖乖是二〇〇三年十一月来到家里的，那时候她两个月大，所以我确定她是九月出生，到二〇一九年九月就十六岁了。如今她是小区里的寿星，最老的一位，连很多不养狗的人都认识她。在大城市，北京，住在同一座楼里的人彼此面熟，但可能一辈子都不认识，只要不打招呼，目光不对视，就可以做永远的陌生人。大多数人都这样选择，我也是其中之一。这现象大概是东方人含蓄的习性使然，或许还有当今对外界混乱的提防心理。出乎意料，一些多年没说过话的人，有男的也有女的，竟然主动开口和我说话："这狗你养了很多年了吧。""看你一直带着她，她多大了，十六岁很老了是吧。"小花园里迎面走来一位老先生，对我说："这狗亏了淘换到你家了，不然早没了。"散步的女人看着乖乖，对她说："你可真有福，有个好妈。"她说的妈当然就是我。越来越多的人知道养狗的人把狗当作孩子。每次我抱着乖乖经过小区大门，那位保安总带着他浓浓的西北口音和乖乖打招呼："好狗好狗！"近来没有见到他，也许他已经离开了。我觉得这些人不是对狗感兴趣，也不是对人感兴趣，是对人和狗的关系感兴趣，漫长的时间让他们不由得发觉了这种关系，心有所感。当然还有一个原因，人们把眼睛比喻为流露情感的窗口，乖乖的眼睛哟，怎么说呢，我在电梯里抱着乖乖，站在身旁的一位女士不由自主感叹："哟，快看，看她的眼睛，就像真的懂事儿似的！"

　　绝对，狗狗的眼睛会表达各种情感，而乖乖那双黑黑的大眼睛即便不表达时也在用心观看着身边的一切，只在一种情况下她的眼神发空，那就是困了。当她完全放平，以小皮子的姿势趴在地板上默默望着我，我理解她是在表达爱意，这时候我需要克制自己，不能随意抱她，怕引起她咳嗽。家里有不少靠垫，以前只是装饰，现在有用了，我伸手抓过一个垫子放到地上，头枕垫子趴到她身边，看着她，看着，学会像狗狗那样用目光表达爱。

　　十月三号晚上在儿子家，乖乖忽然晕过去了。我正在沙发上喂她狗零食，也喂伊娃，乖乖一下从沙发上掉下去，我以为是她太心急，没站稳，滑下去了，可她却侧身倒在地上不动，我赶紧抱起她，她的头歪着，身体瘫软，儿子本来在玩手机，扔下手机去拿氧气罐，给她吸氧，因为没有知觉，所以她没躲闪。氧气罐是儿媳在网上买的，幸亏她想到，准备着。一罐氧气没吸完乖乖缓过来了，开始扭动躲闪，儿子坚持着强迫让她吸完。想让她上床休息，她不干，我三次把她抱上床，她三次跳下来，因为晕厥中断了吃零食她不甘心。儿媳对着乖乖感叹："你吓死我了，吓死我了，你可真行，还要吃的。"最后我拿了点儿零食到床上，小心地喂她，然后躺在她身边，她这才平静下来，睡了。

第二天情况更不妙，乖乖的左前腿不能走了，我想查看，她不让我摸，试了又试怎么也不让，儿子在电脑前写东西，听到我俩的动静，"我来。"他说。真是奇怪，为什么儿子就是比我有权威？乖乖马上变得老实了，儿子仔细摸了她的爪子，觉得是指甲的问题，太长了。一直以来给乖乖剪指甲都像是一场屠杀，被"杀"者拼死抗争，号叫，我总是"杀"不成，只能靠儿子。这回剪下的指甲可真长，都卷起来了，剪完指甲乖乖走路立刻正常。虚惊一场。

国庆的七天假期还没过完，小区里人很少。遛狗的时候远远看见一个女人面对树丛站立不动，看上去很奇怪，走近几步，哦，是奥迪妈。奥迪正钻在树丛里埋头闻什么，她站在狗狗身后等着他呢。我发觉凡是看到一条狗闻哪闻，旁边的铲屎官静静等待，那多半是条老狗。铲屎官对老狗总是听之任之，一味顺从的。如果乖乖对什么气味有兴趣，不管她想闻多久我都等着，绝不催促，她正竭力和这个世界保持联系，进行交流，一定要好好维护这种关系。

以前遇到别的狗，只要我抱着她，乖乖肯定狗仗人势，伸直脖子叫，不然就在喉咙里"呜噜呜噜"粗声大气地哼哼，现在她沉默了，无论遇到谁都只是盯着看，再没有别的反应。如果她正在走路，远远就会站住不动，不是怕，是没有力气因此也没有兴趣了。在家里，我用力把小白熊，她这辈子唯一爱玩的玩具，扔出去，她趴在那儿动也不动。昨天晚上她在沙发上睡着了，侧着身子，伸出来的小舌头正好抵在一朵花上，那是我为她在沙发上铺的一块花布。我赶紧找到手机从不同角度拍了好几张，越看越觉得可爱，就把照片发给了几个朋友，很快引来一串关切的询问：什么情况？乖乖没事儿吧？要不要我给你打个电话？我赶紧解释：白天她时常咳喘，睡着了是她最舒服的时候。

一位朋友回复：小可怜儿。

是的，我的小可怜儿，她很老了，很容易以这样那样的方式让人联想到死亡。脑子里忽然冒出一个问题：人是知道自己总有一天要死的，狗狗知道这一点吗？知道与不知道太不一样了，我希望乖乖不知道，我觉得她不会知道。然而我不能肯定。

提死是不吉利的，是一种忌讳。人年轻时根本不会想，中年顾不上想，老了是能不想就不想，即便想到也是怀着懵懵懂懂的心情。现在我必须再一次面对死亡，我已有经验，应该懂得怎样接受。其实，事实，只要是事实，就不存在接不接受，因为只有一个选项：接受。尽管吃药很困难，我和乖乖每天都做到了。乖乖睡着的时候我不时看看她，观察肚子起伏的幅度大不大，节奏快不快，夜里醒了我会伸手去摸摸她的鼻子，确认鼻息。我依然担忧，时有畏惧，但是我的狗告诉我，我比畏惧更强大。

一天和我妹妹通电话，谈起乖乖的近况，她问我："你要不要给乖乖做克隆，有人做了，费用五六十万。"

"干吗要克隆，那又不是她！"我冲口而出，觉得她的话简直不可思议。妹妹沉默了一下："对，那又不是她。"

之前我确实看到过一则视频，一个青年男子克隆了他的猫。猫的名字叫大蒜，黑白花儿，养了两年死了，视频里克隆的猫看上去很像大蒜，只是毛色淡了些。男子满意地说克隆猫的行为举止都和大蒜一样，是在生物研究所做的，花了三十六万。

不，不是钱的问题。我并不反对大蒜主人的做法，既没权利也没资格。人创造出克隆技术，那么克隆一只猫有什么不可以的，当然可以，很好。人世间万物都有说法，看你如何着眼。我不会那么做是因为我相信生命是唯一的，乖乖的生命，所有的生命，都是唯一。如果付出三十六万能给乖乖十年健康的生命，我愿意，用钱买生命，买时间，值得。然而这只是一种假设，对我和乖乖没有现实意义。我相信爱就是爱，无法用钱衡量。

上午我坐在电脑前打字，习惯性地扭头看看，咦，乖乖哪儿去了，刚才她一直在柜子下面睡着，这会儿柜子下面空了。我从书桌前起身去找，在厕所的窝里找到她。幽暗中她抬起头看看我，什么事儿？我赶紧说："睡吧，宝宝，你睡吧，好好睡。"虽然我知道她听不见，但相信她理解我。

社会上有一个非常流行的词：正能量。按说能量就是能量，无所谓正负，但个人感受确实有正负之分。在家里我常常和乖乖说话，想到什么说什么，对着单纯可爱的狗狗我一般不会诉苦，也不想抱怨，脱口而出的都是好话，温存、有点幼稚：我的小妞妞、毛肉肉，妈妈爱你，小心肝儿，你知道吗？说着说着还会忍不住凑近亲她，闻闻她的小狗味儿，这种时候，说真的，我感觉吸进胸腔里的满满的都是正能量。或许有人听我这么说会想：这人是不是有病呀？没关系，因为你们没养狗。我有一个年轻朋友，风筝，半年前她养了一只法斗，黑色虎斑，大脑袋，分得很开的大眼睛，一副蠢萌模样，因为刚来的时候会吃屎，起名屎墩儿。和风筝见面几乎没有别的话题，只有屎墩儿。我问：王琪爱屎墩儿吗？王琪是她的男朋友，风筝告诉我王琪说他们也许不要孩子了，有屎墩儿就行了。我相信这是真心话。我也相信他们结了婚还是会有孩子，但屎墩儿永远是他们最爱的孩子。爱狗其实是世界上最自然的事。

中午在小区门口碰见 Tiger 妈，她告诉我一个坏消息，奥迪走了。我没有奥迪妈的微信，就给匹特妈发微信询问，她告诉我前两天在小区遇见奥迪，奥迪妈就告诉她奥迪快不行了，鼻子都干了。匹特和奥迪是老对头，从小到大互相不忿，相逢必翻脸，吠叫着冲上去打架，全靠主人拦着，于是匹特妈给这位老冤家拍了张照片留念。她把照片发给了我，和我说她的匹特也不好，瘫了，起不来了，去医院看医生说可能是椎管狭窄，要做核磁才能确诊，但是要打麻药，有风险，即便确诊也没有什么办法，所以她没做。现在匹特每天去医院打营养针，能站起来了，但一走就摔跟头，完全不能自理，吃饭也要喂，她说如果这种情况持续下去，她考虑给匹特安乐死。她有一位八十多岁的老母亲，过春节保姆要走，她得照顾妈妈，实在不知道能怎么办。我和她说无论她怎样做我都能理解，这么说不是为了安慰，是真话。交谈后心情很复杂，难过，却又感觉一丝安慰，因为乖乖还在。还有一层隐秘的慰藉，之前已有领会，现在更加明确：每个生命都有从世界上消失的那天，这是宿命。

深秋了，落叶满地，阳光透过薄薄的云层洒在石板路上，光斑在乖乖身上轻柔地摇晃，我跟在乖乖身后慢悠悠地走，和她一起享受着微风。我发觉乖乖的胆子变小了，一看到人多尾巴像把小扫帚那样垂向地面，从前她的尾巴总是朝天卷起，像一朵漂亮的翻卷的大花儿。昨天小区花园里有两三个男孩儿在玩，我本想绕着他们走过去，乖乖老远就站住，抬起一条腿，像是受伤了，我赶紧把她抱起来，穿过小花园回家，准备好好检查一下她的脚，可一进家门她"哒哒哒"直奔书房，什么事也没有。

呀，糟糕！这时一只猫从栅栏钻进来，我的心一下提到嗓子眼儿！据我所知很多狗都和猫不对付，乖乖也是，任何时候只要看见猫气就不打一处来，箭似的冲上去，猫一般转身逃窜，她玩命追，当然追不上，眼看着猫一溜烟儿消失。有过一次例外，遇到一只带着小猫的母猫，乖乖怒气冲冲上前时母猫毫不退让，后背弓起，浑身的毛奓起来，龇牙发出咝咝声，乖乖登时吓傻了，吠叫声变得尖细刺耳，气氛有点儿恐怖。此刻乖乖一眼瞥见"天敌"，猛地向前蹿去，即刻停住，咳嗽起来，因为激动咳得很厉害。我赶紧把她抱起来，劝慰："干吗呀你，傻不傻，干吗生这么大气，弄得自己这么难受，多不值呀。"其实我心里挺高兴，十六岁，又有病，还能纵身一跃，有这份心劲儿，好迹象。

　　晚上的时间我们照常在荧光屏前度过。我斜靠在长沙发上看电视，乖乖卧在对面的小沙发上睡觉，这情景长久以来固定不变。声音、光亮对乖乖睡眠没有任何干扰，更像是摇篮曲。英剧《梅尔罗斯》讲的是一个小时候被自己亲生父亲性侵的男人，本尼迪克特的表演让我入迷。这时乖乖忽然动了，我还等着看看，可她已经从小沙发上跳下来，急匆匆两步到了屋子中间，弓起身子……天，又是水泻，还有血。我扭头看墙上的钟，差五分十二点，怎么办？情急之下给儿子打电话，他提醒我在百度地图上找医院。万幸，附近的那家宠物医院就是二十四小时开门的。我抓起车钥匙冲出家门。

　　医院亮着灯，前台空空的。"有人吗？"我大声喊。一个年轻女护士从过道里走出来，她在电脑里找到乖乖的记录，乖乖在她家打疫苗，也看过病，问了情况，从里面叫来一位大夫，我说我要买"坦必欣"，上次乖乖吃的就是这种止泻药，很管用。大夫显出疑惑的神色，"坦必欣"？没听说。猛然想起上次我拍了"坦必欣"的照片发给我妹妹看，她和妹夫都当过医生，赶紧掏出手机翻找，找到了！大夫仔细地看了看，哦，碱式碳酸铋嘛，止泻，收敛，没错。开两片？

不，十片。大夫不由瞟我一眼，一笑，意思是随你吧。交了一百一十七块人民币，拿了药，快快开车回家。

乖乖吃下药，一夜无事，第二天第三天都没有再拉稀，心总算放下了。接着我做了件事，把家里的地毯都卷起来，之前我在每张沙发前都铺了地毯，因为地板又硬又光，乖乖跳的时候脚会滑，现在无论有没有地毯她都跳不上沙发了，所以都收起来，为她随地大小便做好准备。晚饭是小米粥加土豆，加鸡胸肉，土豆碾成泥，鸡肉切碎，她吃得很香。说起来有五六年了，一直给乖乖煮小米粥吃，我甚至觉得小米对她长寿是有作用的。又到了下楼时间，初冬温和的黄昏，深蓝的天空非常透亮，把乖乖一放到地上她就尿了，尿完站立不动，等了好一会儿还不动，我只得抱起她走，走到一个灯柱前放下，她开始闻，同伴的气味果然给予她刺激，她围着灯柱转圈，慢慢走动，踱步，我跟在她身后，偶一抬头，星星出现了，刹那间心被深深触动，这冬日的暮色，冰凉的空气，遥远的晶莹的星星，乖乖小小的身影，所有这一切要怎样珍惜才好啊！

在"得到"App 听了一本书，《时间的秩序》。书中说记忆是什么，记忆就是把分散在时间中的信息组合起来，是大脑处理信息的一种方式，最新的神经生物学研究已经发现大脑里有一种基本的结构，它记录的不是瞬间的现象，而是运动的过程，就像你在听一个音符的时候，大脑一定会把前一个音符和后一个音符组合在一起，这样才可能听到的是旋律，换句话，大脑不是拍照片，是在拍小视频，存储到大脑里的记忆是一段一段的。那么我知道了，落叶，星星，突然现身的猫，我的乖乖，一切的一切已经存储下来。岁月漫长，本来我觉得许许多多情景都沉入河底，无处打捞了，其实不然，我拥有无数的小视频，只要想就可以不断播放，从未失去。

一天回家，远远看见小区门口一个男人的身影，心微微一怔，真像他呀。走进小区大门，在斜阳的金光里，他果然出现了，从小花园走来，穿着一件很旧的短袖衬衫，几秒钟后消失不见。

冬

十一月二十九日，雪。晚上遛乖乖时感到有小小的颗粒刺到眼睛里，是雪，十分稀疏，似有似无。回家喂乖乖吃完晚饭，想想自己吃什么呢，决定去"日昌"吃煲仔饭。店里，餐桌上摆着一个牌子，上面的内容我几乎不敢相信，六点半之前"日昌"的招牌煲仔饭十元。真的吗？服务员告诉我是真的，边回答边抬眼看了看墙上的钟，六点二十四分，说："那我就下单了。"当然！

　　煲仔饭香喷喷的，吃完饭出来，夜空中的雪粒变得急促，走在街上，面颊感受着清凉的雪，心情有一会儿很轻快。睡觉之前掀开窗帘，窗外一片白。夜里乖乖一直咳喘，上午昏睡，将近中午我抱她出去撒尿，树上的雪在融化，大颗大颗水滴噼噼啪啪落到地上。院子里大人带着孩子正抓紧最后的时间，玩雪，拍照，脑子里倏地冒出一个念头，这雪会不会是乖乖的最后一场雪呢？立刻转身回家拿手机，拍下乖乖站在雪地上的照片，她眯缝着眼睛，什么感觉也没有。

　　下午再出来天完全晴了，雪都化了，最顽强的柳树也终于落叶，满地干脆的柳叶，阳光闪耀。每当乖乖停下不动，我就等着，等久了就冲她用手大幅度划动，打我们的哑语：来，来呀！往这边走！她看懂了，又走起来。第二天仍然是大晴天，空气不冷，拍了一段乖乖撒尿的小视频，吃了"速尿"她的尿量增大，真是大大的一泡。地上大片的落叶在她眼里已经像是难以逾越的障碍，只能摇摇摆摆绕开走。一阵风把她的耳朵吹得翻起来，还是回家吧。我抱起她往家走，快到楼下的时候一眼看到匹特，他妈牵着他，我惊喜万分，大声喊："哎呀小匹特，你好啦！"

匹特妈告诉我她带匹特去医院打了五天营养针，居然恢复过来，走路没有问题了，只是头还歪向一边。匹特对乖乖依旧有兴趣，凑着她的屁股闻哪闻，乖乖一声不吭，随他便。自那天下雪之后我总是记得随身带手机，给他俩拍了合影，还给匹特单独拍了几张，照片上匹特歪着头，身子站得直直的，圆溜溜的黑眼睛瞪着镜头，一点儿不显老，仍然像个小伙子。看到匹特恢复了我真高兴，匹特妈说既然他能走了，就养下去，虽然在家里老是摔跤，满地大小便。我们谈他们的起居、饮食，也谈到安乐死和他们的后事。乖乖在我怀里又咳嗽起来，得回去了，和匹特说再见的时候我眼眶一热，赶紧扭过头去，心想不知道还能不能见到他。

虽不愿失去，但终将失去。越执着就会被伤得越狠。反过来，如果不牵挂不在乎就少受伤，如果不想就等于不存在。放下，说的不就是这个道理吗？可是我们的毛孩子哟，怎么能放得下！到目前为止我一直在写，记录着拥有乖乖的时日。著名漫画作者斯科特·亚当斯谈到写作时说："写作技术成熟的人最关心的不是怎么写，而是写什么。灵感更依赖身体，而不是大脑。"这话说到我心里。他说他选择素材时会观察自己身体的反应，比如看到某条消息是不是不由自主就笑了，肾上腺素是否增高，心里有没有产生强烈的情感波动，什么东西值得或不值得写不该听从大脑的判断，而要听从身体的判断，因为大脑容易想得太多，而身体则是自然反应，他相信如果自己的身体对某件事物反应强烈，那别人大概也会关心。现在，每天写作我的身体都有反应，胸口时而发热时而感觉很堵，像压了块大石头，根本不用寻找素材，因为我就是素材，是事物本身。写作和生活同步发生，是一回事儿，可以停止写作但无法停止生活。

又买了一个狗窝放在门口。门厅是瓷砖地，很凉，这样乖乖就可以趴在窝里等我回家了。我说过一直以来无论我去哪儿、干什么，回家的路上心里都会漾起一股说不出的欢喜，因为乖乖在等着我，就要见到她了。现在不一样了，回家时仍然想到乖乖，可那个健康的毛孩子已经不在，想到乖乖的病、她难受的样子心就沉甸甸的。见到我回来她再也没劲儿欢叫，依然激动，但激动的心情只会引起一阵咳喘。别，别这么激动。

看着狗狗痛苦真难过啊！乖乖咳喘得越来越厉害，粗重的气喘声不断，常常蹲在屋子中央，一动不动看着空气，有时候太疲乏，眼睛不由自主地合上，再睁开再合上，头一次次垂下再抬起来，坚持蹲在那儿不动。要命的是我不知道她在想什么，无论把她抱上床还是抱到她的小窝里，她都不肯，还是回到她那个固定的莫名其妙的地点蹲着。你想要怎么样呢？到底？夜里梦见一个女人受到惊吓，吓得尖叫，醒过来我还能听见她的尖叫，不，那是乖乖尖锐的咳嗽声，梦和现实融在一起。一连几夜乖乖都咳嗽不止，几乎每半小时就爬起来大咳一阵儿，我欠起身看她，走过去摸她，没用，一点儿用也没有。夜里一次次醒来，整个白天昏昏沉沉，精神越来越差，渐渐感到人顶不住了，得想办法。其实办法是现成的，说出来也许会吓人一跳，可是对我来说再自然不过——安眠药。

乖　呀　乖

　　就说说安眠药吧。我羡慕那些倒头就睡的人，羡慕那些神经大条，无论发生什么事儿，到该睡觉的时候一切为睡眠让路，睡眠的来临如大海的潮汐，如不可违背的自然规律。是天赋吗？失眠是否会遗传？我爸爸吃了几十年的安眠药，没有安眠药他活不了。我的情况和他类似，很久以来都离不了安眠药，只是药量没有他那么大。很多人劝我说吃安眠药对身体不好，当然不好，谁会不知道，问题是他们不懂睡不着觉有多痛苦。我写的话剧《冬之旅》在全国巡演，一次跟着剧组去深圳，临睡前忽然发觉糟啦，忘了带安眠药，安慰自己说，试试，没准儿能睡着。躺在酒店大床上，我极力想象自己睡着了，已经迷迷糊糊了，然而下一分钟就意识到自己是多么多么的清醒。时间越来越难熬，最终超过极限，我死心了，认栽，承认自己无法战胜那个清醒的魔鬼，只能眼睁睁看着窗帘的缝隙间一点点发灰，天大亮。一夜苦不堪言，可我并没有恐慌，因为我想到有蓝天野老师在，他在《冬之旅》里饰演老金。如果失眠分等级，天野老师一定够得上最高级，应该和我爸爸是同等级别。果然，我向他提出要安眠药，他轻快地一笑："没问题，有的是，要什么有什么。"和他去房间里拿药，他跟我说起北京人艺的演员徐帆有时也失眠，吃一颗药睡不着，问天野老师怎么办："我的回答很简单，那就吃两颗。"多么痛快的回答呀！听得我好高兴。

现在的问题是能给乖乖吃安眠药吗？先上网查，说法不一，大部分情况是带狗狗坐飞机时铲屎官会喂他们吃药，属于一时之需，而我要解决的是每天的睡觉问题。我和儿子说了我的打算，没想到他激烈反对，儿媳也反对，我妹妹一听就叫起来："别呀，抑制她的呼吸，醒不过来了怎么办?!"

是啊，怎么办？怎么办怎么办？谁能告诉我。

十二月一日，乖乖从早到晚咳嗽，喉咙里发出哮叫的声音，像拉响的汽笛，每一声都冲击我的心脏，到了傍晚的某一时刻我突然难以承受，扔下乖乖拔腿出门。天已经黑了，小区外的马路上路灯昏暗，很冷，不由想起当年同样的情景，我先生躺在家里，我抱着乖乖逃到大街上，十几年过去，我还是我，那个放纵自己脆弱的人。公共汽车站上，几个裹得严严实实的人站在冷风中，我不知道要去

哪儿，凑过去一起等车，管他哪趟车来了就上。来的是
751 路，上。车里只坐着三两个乘客，惨白的顶灯照着几
张木然的脸。引擎"哐当当"抽搐，车开动了，空荡的车
厢昏昏然摇动，下一站，洼里，我下了车。寒气逼人，鸟
巢和玲珑塔在干冷的夜空里发光，河水还没有结冰，倒影
闪烁，灯光映衬出岸边柳树，黑漆漆的枝条在风中狂舞。
在河边站了一会儿，太冷了，新奥购物中心近在咫尺，
我走进去。

　　商场里一派明亮，暖气热力十足，满眼新崭崭的衣服、
鞋、包，靓丽的年轻人，我漫无目的地穿行，顺扶梯下了
一层，迎面的大圆柱围着一圈凳子，我径直走过去，刚一
坐下就哭了，纯粹地流泪，止不住，也不想止住。虽然泪
眼婆娑，我还是能看到一个人朝着我的方向走来，是个青
年，越走越近，经验告诉我是那种商场里的小混混，在离
我几米远时他站住了，愣了愣，扭身走开。当然，一个悲
伤哭泣的女人不可能接受他的任何推销。过了几分钟眼泪
慢慢止住。情绪平复之后我去"原麦山丘"买了第二天早
餐的面包，然后回家。就要见到乖乖了，她会不会好一点

儿呢？儿子和儿媳都说我不在的时候乖乖反而好得多，不会咳个不停，他们认为她有求关注的心理，我没有反驳，心里并不以为然。此时我抱着一丝侥幸，希望情况如他们所说，轻轻拧开门锁，推开门，细听，没有动静，蹑手蹑脚进屋，再听，一点儿声音都没有，悄悄走到卧室门口，哦，乖乖，她蜷在自己窝里睡着了。但是别以为他们说得对，其实她是咳得太累，实在太疲乏，撑不住了。

当房间沐浴在落日的金光里，我知道又过去了一天。这一天情况没有好转，还好也没有恶化，继续咳啊喘啊加片刻的昏睡。晚上我选择看是枝裕和的《步履不停》，已经看过两遍，这是三刷。怎样抚慰人心的一部电影啊！时光之箭射进生活深处，击中坚硬的核心，石头裂开，一点点粉碎。看吧，这就是人生，博大的人生，接受吧，不要退缩，无论怎样的痛心、艰难、无奈，最终将如影片的结尾，在亲人的墓前极目远望，浩渺的水面上微光闪烁，连接着天边的大海，还要怎样，还能怎样？！

我决定了，给乖乖吃安眠药。

入夜，我把一小片舒乐安定小心地一掰两半，再一掰，掰成四瓣，给乖乖吃下四分之一，说实话我不担心，因为吃安眠药对我早已是日常生活。吃药之后乖乖安安静静地睡了三个小时，没有咳嗽。再一天还是四分之一，她睡了四个小时，终于我也可以睡觉了。我把情况告诉儿子，我们俩取得一致意见：吃安眠药是减少痛苦，两害相权取其轻。

《你和我》获得了二〇一九年收获文学排行榜长篇非虚构第一名，颁奖典礼在安徽蚌埠举行，时间是十二月二十四号，主办方邀请我去，我答应了。在临近的前两天我问乖乖："你让我去吗？让吗？"她用咳喘回答我，同时吃下一碗小米粥拌鸡肉。

儿子准备邀请朋友圣诞夜来家里聚会，前一天儿媳就把圣诞树装扮起来，天黑以后点亮了彩色小灯泡，很漂亮。我立刻想到要和乖乖合影。儿媳拿来小鹿发卡给我戴上，给乖乖戴上圣诞老人的红帽子，两只小鹿在我头上颤颤悠悠，乖乖头上白色的小球耷拉在一边，儿媳拍呀拍，各种角度各种姿势，我猜她肯定也想到了这大概是乖乖最后的圣诞节。我不是基督徒，家里没人是基督徒，但乖乖是天使。

下午乖乖在儿子家的饭厅尿了一泡，儿子发现后大喊一声："谢谢你，乖乖！"因为这样他就不用出去遛她了。儿媳和我说："没事儿，随便尿。"听他们这么说我感到安心。

北京南到蚌埠，早上七点四十五的火车。出门时嘱咐乖乖好好在家，等着妈妈回来。黎明前，城市黑黢黢的，一路畅通。候车室人不多，检票口没有人，通道上没有人，站台上也没有人，站台尽头露出灰蒙蒙的天光，天亮了。我心中茫然，不知道自己在做想做还是不想做的事。我当然是想去领奖的，否则怎么会坐上火车，可难道我不该陪在乖乖身边吗？再考虑下去已经于事无补，干脆让心肠变硬，只要你不惩罚自己，就没人能惩罚你。

站台向后移动，城市很快被甩到身后。《你和我》这本书的书名直到全部写完也没有想出来，早先曾想到一个名字：你曾经路过此地。编辑听了沉默不语，我明白她觉

得不好。"你和我"的出现很偶然，仿佛它飘浮在空气中，
而我身体里有块磁铁，某一瞬间彼此靠近，"叭"地就把
它吸过来，紧紧吸住。对，你和我，就是它！多么贴切！
你是妈妈爸爸，是每一个人，是这个世界，而我就是我，
是一个唯一。当然，无论你我都是唯一，都是路过，没有
例外。

车窗外一会儿田野一会儿城镇，景色并没有吸引我，
我还是想到乖乖。写作的时候我把一个软软的大垫子放到
书桌上，就放在电脑旁边，再抱起乖乖放到垫子上。刚开
始从书桌的高度看房间她不习惯，支棱着脑袋看着，一动
不动，像是等待什么事情发生，过了好一会儿知道不会有
事儿，才安心地蜷起身子闭上眼睛。她的牙掉了，小舌头
伸在外面，那副样子真惹人怜爱，写着写着我不由伸手去
摸摸她的鼻子，凉凉的，她立刻就醒了，睁开眼，用那双
明亮懂事的眼睛看着我，目不转睛地看着。现在我只希望
一切能继续，我继续坐在书桌前，乖乖还趴在电脑旁边的
垫子上，我写，她看着我写。

颁奖典礼出乎意料的盛大，很多人，很热闹，满面笑

容地握手，互相致意，被采访，上台发表感言，我觉得自己都做到了。许多次，无数次，在公众场合我感觉发怵的事结果都还好，虽做不到游刃有余，但能做到恰如其分。

晚上收到儿媳发来的几个小视频，附了一句话：老同志表现很好。乖乖的表现确实出乎我意料，只见客厅饭厅都是人，吃的吃聊的聊打牌的打牌，乖乖在人们脚底下悄悄遛来遛去，不时左顾右盼，一点儿不紧张，也没咳嗽。说起来还是女孩儿心细，儿媳懂得我的心思，拍了视频发来，心终于放下了。躺在酒店大床上，把视频来来回回看了好几遍，不由想要感谢这个奖，别的不说，因为我来领奖，乖乖才有了这个热热闹闹的圣诞夜，否则我肯定带她回家，会很平静，但多没意思。热闹一下对乖乖有好处，起码分散她的注意力，减少咳喘。

第二天早上八点半的高铁，中午就见到乖乖。儿子和儿媳劝我别带乖乖回家，让她留下，我可以休息休息，另外他们还是认为乖乖咳嗽的部分原因是求关注，儿媳说："她有点儿拿你。"

拿，想解释这个字有点儿麻烦，不过我完全明白它的含义。没关系，就让她拿我吧，我可舍不得留下她。回家一路通畅，一到家乖乖就趴到地板上睡了，睡睡咳咳。晚饭正常。九点钟左右她蹲到我面前，大眼睛灯泡一样直瞪着我，嗓子里发出“嗽儿嗽儿”的声音，明白，到零食时间了。我拿来牛肉粒，她吃了还要吃，弄到最后只能狠心拒绝：“没有，真没有了！”吃，一直是她生命中最热衷的事，即便病了兴趣也丝毫不减。乖乖的体力已经禁不住洗澡，我用热毛巾给她擦了身子。晚上她睡在卧室的小沙发上，一盏小灯照着她。早先我以为是床太高，她跳不上来，后来我多次把她抱上床，不一会儿她自己还是要跳下去。有几次我看到她蹲在小沙发前，仰着脸，像在等什么，其实是在积攒一跃而起的力气。我意识到即便有块小地毯她跳上去还是吃力，需要我把她抱到沙发上，随后我总是坐在小地毯上陪着她，看她入睡。

吃了半个多月的安定，不知是效果减弱还是病加重，她卧着卧着就坐起来咳喘一会儿，再趴下，再坐起来，总要好几番才能闭眼。昨晚我吃了药刚睡着，就被“扑通”一声惊醒，开灯看乖乖已经跳下沙发，我紧随她走出卧室，脚底一滑踩到一摊屎上，擦屎擦地洗拖鞋洗脚，乖乖拉完屎倒是蜷在窝里睡了，我只能再吃一遍安眠药。头晕晕沉沉，却睡不着，怎么也睡不着，猛地翻身下床，倒了一杯红酒大口喝光，抓起手机给妹妹发了通语音。第二天上午妹妹打来视频，看到我接了她才放心。我问她怎么了，她说我昨夜说了很多胡话，怕我又吃安眠药又喝酒睡死过去。我问她我说了什么，"你说乖乖不死你都要死了。"

我当然不会死，只是太煎熬。这时候在内心深处我已经给了自己一条出路，痛苦煎熬不会无尽头，可以终止，就是安乐死。无论人们怎么说，好还是坏，都不能左右我的态度，我举双手赞成安乐死，人应该有这种终止痛苦的权利，换句话我希望我自己拥有这权利。如果剩下的人生没有任何希望，只能忍受病痛的折磨，我甘愿放弃。只是狗狗不能自己选择，全凭主人的良心。晚上乖乖睡下之后又爬起来，我抱她下楼去尿尿，给她穿两件棉衣，再用我的羽绒背心裹着。尿完回家，我洗漱完毕准备上床，天，床单又湿了一大片，她又尿了！我"嗷"地大叫一声，乖

乖趴在枕头边一动不动，直愣愣看着我，突然间我难过得
要死，抱起她搂在怀里："没事儿，乖，尿吧，没事儿……"

　　想起一个朋友，过年他们出去玩儿，回家发现狗狗在
沙发上尿了一大泡，朋友说她立刻想到狗狗一定是被鞭炮
吓的，真可怜。那时候我没有养狗，不能理解她的心情，
如今我默默换床单换褥子，心里责怪自己不该发脾气。铺
好床，再拿一块鸡肉安慰乖乖，这下可好，勾起她的食欲，
一块不行，还要，还要，情急得又咳起来，喉咙里发出啸
叫的声音，一股火再次冲上头顶："你干吗？欺负我是不
是！再这样我受不了啦！"她被我的怒气镇住，不敢再要，
咳嗽也止住了，安静下来。这次我没有自责，情绪自然发
生又自然消退，对情绪我已无能为力。

　　生命仿佛转了一圈，乖乖又回到小时候，随地拉撒，
转变的是我的态度，彻底接受，只要她憋不住，请便。白
天我还是带她下楼遛一遍，跟在她后面走走停停，如果她
站立不动我就把她抱起来，她已经很瘦，变得很轻。在外
面，注意力被分散，她几乎不咳嗽。

二〇一九年的最后一天，朋友李小林发来一张照片，黑漆漆的宇宙中一颗蓝色的星球，地球。地球表面有斑驳的黄色光亮，是我们人类生存的迹象，一行醒目的字：再见，二〇一九。照片上方两行小字：在广袤的空间和无限的时间中，能与你共享同一颗行星和同一段时光，是我的荣幸。——卡尔·萨根，天体物理学家

我从未想到有如此动人的祝福，无比虚幻又多么真实，我深深感动。是啊乖乖，和你共享同一颗行星和同一段时光，是我莫大的幸福！当然也是你的。

除夕和儿子儿媳出去吃晚饭，有烤鸭和其他乱七八糟的，只记住一道菜叫蜂窝煤，用黑糯米做的，用大盘子端上来，服务员倒上酒精，点火，火苗"呼啦"蹿得老高，意思是红红火火。央华戏剧的小伙伴约我去唱歌跨年，我回复他们：我还是陪乖乖一起跨年吧。带乖乖回自己家，差三分十二点的时候，我从冰箱里拿出打包的鸭肉，用微波炉加热五秒钟，乖乖闻到鸭肉味兴奋得要命，我举着鸭肉对她说："乖乖，新年快乐，你真棒！"她疯狂地吃下去，用"疯狂"形容真的一点儿也不夸张。我拍了视频发给认

识乖乖的朋友，附上文字：鸭肉，乖乖的新年礼物。

　　二〇二〇年第一天，没有风，不像前两天那么冷，抱乖乖出门，让她在太阳地儿里走走，她撅起屁股也送了我一个新年礼物：一橛屺屺。太好太好的礼物！要知道她已经三天没大便了。

最　后

一月三日，美国用火箭弹"斩首"伊朗"圣城旅"的指挥官苏莱曼尼，世界为之震动，纽约华盛顿进入警戒状态……而我的世界小而坚固，被一只狗占据，挤得满满的。

情况在恶化，乖乖不吃东西了，冰箱里有酱牛肉酱猪肝琵琶腿，她平时爱吃却限制她吃，现在都不吃，白买了。

前两天去宠物医院开的营养膏她也不吃，而且也不再咳嗽，不再发出一点儿声响。醒着的时候呆呆站着，不一会儿腿软了，站不住了，就平趴在地上动也不动。她小时候趴在地上，我先生叫她小皮子，确实，她平趴在地上真像一张小皮子。现在也是。我也躺到地上，挨在她身边，轻轻、轻轻地抚摸我的"小皮子"，眼泪涌流。我知道时间快到了。给儿子打电话商量怎么送乖乖走，他说可以送到他家附近的宠物医院，第二天取骨灰。不，不好。我在网上查到昌平的一家，可以等，等着取骨灰，还有狗狗墓地的照片，围着小栅栏，但现在是冬天，地冻得硬邦邦，能掩埋吗？我按照号码打电话过去，一开口就哽咽得说不出话，对方连续"喂，喂"，我说我的狗狗要走了，电话那头的人似乎理解我的心情，并不多说什么，只说那好，那就到时候联系。

　　乖乖醒了，起身摇摇晃晃走到门口，感觉是想出去，我抱她下楼。前天下了一场雪，我把她放到雪地上，"你想尿尿吗？"我问，她没有反应，站在那儿，身体微微摇晃，然后尿了。遇到 Tiger 妈遛 Tiger，她摸摸乖乖的头：

"乖乖，你有个这么好的妈妈，这么爱你，已经很好了。"
她这么说我想一定是为了安慰我。分手时她温柔地和乖乖
再见。

　　和儿子通视频，看到乖乖静静地趴着，他说："乖乖没
有痛苦多好。"儿媳让我放点儿音乐。对，怎么会忘了呢，
我已经找好一曲《委身同行》，虽然我不是基督徒，但是
我想让乖乖去天堂。正准备放音乐，忽然想起乖乖听不见
了，转念想到颂钵，颂钵能发出震动的频率，或许她能感
觉到。基督教还是佛教又有什么关系，都是心理慰藉而已。
我妹妹说她要留一缕乖乖的毛毛，我找来剪子，让自己什
么也不想，在乖乖脖子下面轻轻剪下一缕毛，放到小盒子
里，再把小盒子放进床头柜的抽屉。

　　乖乖爬起来去喝水了，我顺势喂她营养膏，她勉强吃
了一点儿。晚上我在厨房热饭，听到客厅有动静，赶紧跑
过去看，地上一摊黄色液体，乖乖吐的。再一晚，她又摇
晃着往门口走，我把她裹得严严实实，再抱她出门，换了
几个灯柱，终于尿出来。温和的冬夜一丝风也没有，小区
外的街上霓虹灯闪烁，我抱她走出小区，在她走过无数遍

的街道上走了一小圈，让她最后看看马路、汽车、霓虹灯。一条大白狗走来，乖乖歪头看了一眼，即便是这样微弱的反应也让我感到安慰。转回小区门口时我一抬头，哇，一轮明月当空，我轻轻哼起来："看那明月笼罩在海岸上，愿你轻轻向我欢笑，来吧快来到水手的船上，我的小船多么宁静……"之前晚上遛乖乖，看到大月亮我常常会想起这首少女时喜欢的歌，不由自主哼几句。

夜晚来临，我黑着灯，抱着乖乖坐在沙发里。月亮不断爬高，照进窗子，一种令人宽慰的黑暗包围着我们，仿佛是一个平常的夜晚。别走，让我陪着你，你留下吧。那晚剩下的时间我看了《寄生虫》。前几天看了这部电影的开头部分，现在我要把它看完，让影片里离奇可怖的情节夺走我的注意力。果然尖刀插进肉体，鲜血四溅，满手的血，浓黑的血，一片血腥，我看懂了故事却什么也没能理解，我的狗趴在地板上快要死了，你们这些畸形的疯人，死去吧！

又一个白天来临，将近中午我发现乖乖趴在沙发和书柜之间一个非常局促的小空间，十几年来她从没有在那个地方待过。传说狗狗知道自己要走了，怕主人伤心，会找一个僻静的角落，难道她这么想？抬眼看墙上的钟下午两点了，我一点儿不饿，但是不吃点儿东西胃病会找上门，这时候绝不能病。我不喜欢做饭，此刻更没心思，去"眉州"吃碗面吧。出门之前对乖乖说等着妈妈，话一出口眼泪就流出来。匆匆吃完赶回家，乖乖趴在厨房的食盆旁边，是饿了还是渴了？我用针管往她嘴里注了一点儿水，她没有张嘴，水顺着嘴角流下来。晚些时候她又吐了一摊棕色的液体，然后一直趴在地板上。我躺在她身边，侧身面朝她，她的小鼻息喷到我脸上，有股呕吐的味道。我知道死亡要把乖乖带走了，只是还不知道具体时间。妈妈被带走的时候我在沈阳当兵，等我回到家她已经在医院太平间了。爸爸是黎明前走的，我赶到医院时他还躺在病床上，医生关掉仪器，眼看着生命变成一条绿色的直线。丈夫走的那天我一直守在身边，有一阵儿听见他喉咙里反复咕哝着一个声音，可我无论如何也听不懂。死亡已数次光临我的人生，夺走我的身份，女儿，妻子，曾经我需要为这身份做许多事，我愿意做渴望做，却再没有机会。现在铲屎官也不让我做了！心哪，就像被一根粗大的钝钝的钻头钻哪钻哪，没有底。

我打开 iPad 继续上网搜，输入：狗狗安葬。啊，有个"彩虹星球"刚开业一个月，页面上有照片，告别室非常温馨。我立刻打电话，接电话的是一个年轻人，自称小王，他告诉我"彩虹星球"会为送来的宝宝清洗，主人可以挑选告别室和宝宝告别，第二天取骨灰，地点就在东五环旁边，什么时候都可以送去，夜里也可以的。小王声音温和，还给我发了视频。彩虹星球，那应该就是乖乖要去的地方。

忽然乖乖从地板上爬起来，挪动四条腿走到门口，难道她还想出去？那好，我立刻穿上大衣，把她包裹起来出门下楼。石板小路上走来了大贝贝，一头松狮，每天散步的路线都穿过我们小区，大贝贝一如既往慢吞吞地挪动，乖乖从来很怕他，总是远远看见就不往前走了，这回我抱着她走到贝贝面前："乖乖，看见贝贝了吗？"她的脑袋向下低了低，看见了。又遇到了胖墩儿的爸妈，手里提着很多东西，我告诉他们乖乖要走了，说着眼泪又止不住流出来。两个年轻人不知道该怎么安慰我，只是一个劲说让我想开点儿，想开点儿。是的，当然，宇宙无边界，生命如尘埃，可乖乖就在我怀里，这个小生命就在我怀里。

太阳西斜，静静地移到楼后，屋子里立刻暗下来，我和乖乖躺在地板上，越来越沉重的暮色压得我透不过气，我倏地爬起来，走去按下一个个开关，把家里所有的灯都打开，但还是不够亮，不够亮！一个人和一条狗，连着我们的是什么，怎么会这么悲痛？心理学上有一种说法：强烈的情感依赖。从未拥有这种情感的人能理解它有多强烈吗？我走向床头柜，掰了半片舒乐安定吞下去，药起了作用，心情微微平缓。给自己下了面条，端到饭桌上，乖乖趴在客厅中央，似乎闻到味儿，抬了一下头，她的嗅觉没有丧失，她美丽的黑眼睛仍然睁着，仍然明亮。后来我走到电脑前坐下，把刚刚度过的下午记下来，听到客厅里有动静，跑过去一看，乖乖靠着沙发后背在吐，身体已经无法支撑呕吐需要的力气，倒在自己吐出的粉色液体里。我用热毛巾给她擦了擦毛，然后除了看着她什么都不干。

深夜十二点了，我把乖乖抱上床，用手机播放《委身同行》，并按下循环播放，让音乐一夜不停，想象天使在屋顶盘旋，如果乖乖走，天使就会伸出手接她。半夜乖乖醒了，似乎想下床，我抱她下床，她拖着后腿挪动，我跟着她走到厨房，在水盆前她低下头呆呆站了一会儿，没喝，转身走向自己的小窝，我把她抱到窝里，她睡了一下又爬出来，往卧室走，在卧室门口站住，我无法猜出她想怎样，就把小窝放到床边，抱她躺下，再把床头灯放到小窝边的地板上，照亮她。天使一夜没有来。早上乖乖几次起身，摇摇晃晃却执着地走向厨房的食盆，只是站在那儿，不吃也不喝。我用针管喂了她一点儿糖水，然后拿来氧气罐，儿媳给她准备的，以前她躲来躲去没法用，现在她没有力气躲了，我给她吸了一会儿氧，不然她走了氧气也浪费了。我坐到电脑前打了几个字，再趴到她身边哭一会儿。最后的时光就这样度过，就我和她，我们俩。

　　我以为我有能力独自送走乖乖，可我发觉我不行，难以承受。天慢慢黑下来，我给儿子打电话，让他来接我们去他家，他说好，等晚上不堵车的时候。以往我都是自己开车带乖乖，现在乖乖太虚弱，必须有人抱着她。乖乖又移到客厅中间的地板上趴下了，嘴里不断溢出粉色的血水，我用一张张纸巾轻轻擦拭，她的眼睛微微合着，已经没有力气睁开。现在唯一能做的就是等待，不知道是儿子还是天使先到。八点多我用微信联系儿子，他告诉我他正在写的电视剧明天要交出五集，让我再等一会儿。快十点我再次打电话，他说马上，把最后一点儿写完。快十一点再打，他说："你没看微信吗？我已经出门了。"

　　大约十一点半儿子到了。我早就收拾好东西，乖乖的药放在包里，虽然四天以来再没给她吃过，还拿了她的一件红色棉衣，还有我的电脑和她的氧气瓶。乖乖一直躺在地板上一动不动，身子完全瘫了，我几乎不知道该怎么抱她，儿子说你要让我抱我就抱。不不，当然是我自己抱。我把她一直在用的粉色小毯子铺在地上，上面再铺一张纸尿布，轻轻把乖乖放在上面，小心地裹起来，就像裹一个小婴儿。好了，咱们走。

　　儿子提着包，拿着乖乖的小窝，我抱着乖乖，下楼。汽车就停在楼门口，我打开车门上车，儿子发动汽车时，我感觉怀里乖乖的头动了一下，哦，她知道！"宝贝，你知道要去哥哥家，是吧。"她的小脑袋一歪靠在我的右脖颈上。汽车开出小区，开上四环，我听到乖乖的喉咙发出轻微的咕哝声，就和她说："宝贝，妈妈抱着你，亲亲你，我的心肝……"我一次次凑近亲她，咕哝声响了四次，是血水堵在喉咙里吗？也许是，也许不是，也许她想告诉我什么。午夜时分，我们在飞驰，飞驰……我没有看时间，但是我知道怀里的这个小生命轻轻地飞走了。摸摸她的小鼻子，没有鼻息，儿子边开车边伸出手摸，说："有。"不，其实已经没有了。

　　车开进地下车库，下车，上电梯，进屋，儿媳立刻迎上来，刚要开口问，儿子告诉她乖乖已经走了，说着把乖乖的小窝放到地上。我弯下身把乖乖放进窝里，好像她还在睡觉。儿媳毫不犹豫地行动起来，她跪到小窝前，把小粉毯子在乖乖四周卷成一圈，围好，她一直在网上从云南买玫瑰，晾成一束束干花，转身拿来晾好的玫瑰，一枝一枝一枝……那么多的玫瑰花把乖乖围在中间。儿子端起窝搬到佛堂前，《往生咒》低低回响，儿媳又拿来一包玫瑰花瓣，撒在乖乖身上。整个过程我一直呆呆看着，仿佛是上天在安排一切。乖乖侧身躺着，被花掩埋了，只露出可爱的小脸和右手，眼睛并没有闭，眯着一条缝，像在浅浅地睡。我坐到地上，俯下身把脸埋在她柔软的耳朵上，儿媳缓缓抚摸她，忽听她一声惊叫："乖乖睁眼啦！"是真的，乖乖的眼睛确实睁了一下，比刚才睁得大了一点儿。儿媳俯身朝向乖乖，大声说："乖乖，你去吧，安心去吧，你这一生的任务已经完成了，你的身体已经不用再承载什么了，去吧，放心地去吧……"

　　这时候我进入了一种极深的恍惚状态，只感觉头顶上灯光昏黄，空气混沌，现实被死亡的讯息卡住，停滞不动了。然而这不过是虚假的幻象。最厉害最权威的大王，king，永远是时间，这位大王什么都不在乎，不为任何事分神，一分一秒绝不停留，去，做你该做的，他无声命令。该给小王打电话了，半夜时分，铃声响了几下他就接了，我和他说乖乖走了，准备明天早上送去，他告诉我十点半有人定下，于是我定了上午九点。

　　三点多，我吃下安眠药睡觉。早上起来陪乖乖坐了一会儿，竟然很平静，像是还没有醒，在慢慢苏醒。儿子儿媳抬着铺满玫瑰花的窝，乖乖躺在里面，我走在他俩身后，出门，上电梯，下地库，上车，依然平静。车开出地库，是个晴朗的早晨，阳光照进车窗，洒在座椅上，我扭头看着乖乖，她在一片金光里熟睡。"彩虹星球"离儿子家很近，要不是开错路几分钟就到了，用手机定位再开回来，拐进一条小路，一个年轻人出现在前方，是小王，他向我们招手。

　　小王把乖乖抱起来放到一张台子上，给她擦拭身子，然后梳毛，我也和他一起做。有两个布置不同的告别室，一个佛教样式，另一个是纯白世界，墙上挂着柔软的白纱，一对很大的白色羽毛翅膀在屋顶展开，我觉得是天使的翅膀，当然要让天使接乖乖去天堂。乖乖躺到一张白花环绕的台子上面，台子很大，乖乖小小的，小王递给我一块白色的单子，我轻轻盖住她的身体，小脑袋露在外面，像在睡觉。俯身亲她，一次次亲她，贴着她的耳朵说："妈妈爱你，永远爱，你永远和妈妈在一起。"

　　永远，永远，永远，幸亏我们拥有"永远"二字。

　　挑选骨灰盒时我和儿子看上一个木头的，但是小王说瓷的更好，于是选了一个浅灰色带褐色盖子的瓷罐，很朴素。终于要走了，在门口忍不住又返回去，再亲乖乖最后一次。临出门前小王提出能不能填一张表，问我从什么渠道知道"彩虹星球"的，我说从百度，小王问怎么查的，我回答："狗狗安葬。"

伤　心

　　人的身体里有个阀门，会根据情感的需要自动开启，让涨满的泪水泄出，我的阀门不住地开，关，开……不由我控制。

　　屋里很安静，儿子上班去了，我在客厅的沙发上呆坐，像置身于巨大的空洞中。儿媳过来劝慰我，说乖乖的一辈子很完满，现在的问题是我对乖乖的依赖，我生活习惯的改变，让我难以接受。我当然听见了她的话，当然有道理，但是有什么用，一点儿用也没有。我并不困惑，因此理智无法帮助我。很多铲屎官，狗狗的主人，在毛孩子离去后都下决心再也不养了，不为别的，唯一的原因就是太伤心了，不敢再经历。此时没有任何别的出路，只能熬，只能带着悲痛吃饭，睡觉，做要做的事……可是，可是不是该去遛乖乖了吗，该喂她吃饭，该和她一起上床睡觉了，这些时间现在空洞地裸露着，能干什么呢？乖乖病重的日子身心被忧虑占据，塞得满满当当，如今忧虑被死亡清零，也把人一下掏空，剩下的是难以忍受的空虚，虽然也是一种解脱。也许要这么想，只有拥有才可能失去，我拥有过。等等，我究竟拥有过什么？一条狗吗？不，人生中的一切都无法占有，只能经历，所以只能说我经历了和乖乖一起度过的生命中的十六年岁月。十六年啊！躺在床上心脏隐隐作痛，爬起来吃了速效救心丸，又哭了一通，眼泪流出来心脏反而不疼了。

第二天中午一家人正在吃午饭，手机里传来小王的信息：咱们可以接乖乖回家了。眼泪登时涌上来，我赶紧放下筷子去了卧室。我从来不是一个爱哭的人，泪点很高，如今乖乖成了我的泪点。午饭后儿子问我什么时候去接乖乖，我已经想好了，我要自己去接她。儿子不同意，要和我一起去。

"这是一种经历。"我说。他的态度强硬："这种自虐的经历还是不要的好。"我更强硬："不，这不是自虐，是我的需要。"他定睛看着我，然后问了一句："你是想写到书里吗？"他知道我在写乖乖。

我是吗？

是，也不是。我就是觉得需要这样，需要独自体验。儿子理解了，我很幸运，我的儿子总是能理解我。给小王发了微信：我出门了。半小时到。

我没有开车，因为我不想在一个金属壳子里，那么快那么便捷地结束这段旅程。小区大门外停着一排共享单车，拿出手机，"啪嗒"一声响，锁开了。我迈腿骑上车，仰头看了看天，天上有一层薄云，灰白的天空之下竖立着一座座高楼，白蒙蒙的太阳悬在两座楼之间，随着我向南骑行太阳被楼遮住，当我拐过朝阳北路宽阔的十字路口，它又露出脸来，冷冷地照着我的后背。冷，真冷，我穿着羽绒服，戴了毛围巾、毛线帽和手套，很快握着车把的手指就冻得发麻，失去知觉，脑子似乎也被冻住，一无所思，只有脚一下下匀速蹬踏着。越靠近五环人越少，路边几乎不见人影，主干道上有汽车"嗖嗖"驶过。白家楼桥就在前方，凭记忆我看到右手路边的几个汽车维修店，然后看到那条右拐的小马路，拐进去。

院子里两个中年男女正在晒被子，昨天来的时候我根本没有留意环境，这会儿看出来院子很简陋。大门上有个金属门牌：北库一号。中年男女打量了我几眼，继续干他们的事。我穿过院子，推门进屋。

小王从接待台后面走出来，带我进了一个小屋，指着桌子上的骨灰罐，"这是乖乖的骨灰。看一下吧。"我打开盖子，里面有一个白色的粗麻布袋子，系着口，小王帮我解开绳子，我看见了乖乖，灰色，微微发黑发白，像一小段一小段焚过的香。我俯下头叫了一声："乖乖……"

小王把绳子系好，盖上盖子，用胶把盖子四圈封起来。

我问他："在你送过的狗狗里乖乖是年纪最大的吗？"我暗自希望是。小王很敏感，觉察到我内心的期望，迟疑了一下，微微摇了摇头，轻声说："只有一个，昨天和乖乖一起去火化的，叫皮卡丘，二十岁。"说着用目光示意放在桌子另一边的一个小袋子。我注意到袋子比乖乖的小，就问是什么狗，他告诉我是吉娃娃的串儿，乖乖是他所送的第二年长的狗。我并没有为活到二十岁的狗狗感觉惊讶，也没有失望，我已经接受了乖乖的离去，十六岁四个月。就是这样。

　　"我和你照张相吧，是你送乖乖走的。"我和小王说，他欣然同意。我们走出小房间，想找个合适的地方，正在这时有人推门进屋，是来取骨灰的，小王让我等一下。来人是个高高大大的小伙子，戴着头盔，身上穿得很厚实，肩上背着背包，一望而知是骑摩托来的。小王把一个挺大的骨灰袋交给他，我走上前问是什么狗，回答："苏牧，算中型犬。"我又问多大岁数，小伙子告诉我十三岁，在中型犬里算是长寿的，又说别的狗他都是自己埋了，这条狗夜里三点走的，大冬天，土太硬，他就到这儿来火化了。

我微感惊讶："你还有别的狗？"他笑呵呵说："家里还有好几条呢。"说着把骨灰袋放进他的背包里，挎到肩上，推门出去，我在他身后喊了一声："狗狗走好。"

　　和小王拍了照。他拿来骨灰罐原装的牛皮纸盒，我把骨灰罐放进纸盒里，再小心地放进包里，随即告辞。小王把我送出门，"谢谢，谢谢你，你快进去吧，不用等我。"他真是善解人意，没有再多说一句话，转身进屋，关上门。我把乖乖稳妥地放到车筐里，最后再看一看"彩虹星球"，然后骑上车离开。

　　阳光依然惨白，手套再次被冰冷的气流穿透，手指失去知觉，嘴上和乖乖说："没事儿没事儿，快了，咱们马上就回家了。"骑着车又想起明天早上没有吃的，一会儿还要去买面包，紧接着想到出门回家再没有乖乖等候，一阵难过。可是等等，情况不一样啦！要知道乖乖现在可以进入任何地方，不再被禁止，不会被阻拦，为什么不让乖乖和我一起去买面包？对，就这么办。

　　我没回家，直接骑车到朝阳大悦城。在路边锁好车，抱起乖乖，她在罐子里，走进旋转大门，登上长长的扶梯，

一边上升一边告诉乖乖："你还没来过大悦城呢，现在妈
妈带你来。"这么一说心里感觉很舒服，并不难过。去八
层买了"爸爸糖"的吐司面包，灵机一动，一不做二不休，
我们干脆好好逛逛。大悦城九层有个上海三联书店，星期
六，人比平时多，我在一排排书架间转悠，查看，不少书
上贴着标签：请勿私自拆阅。一眼看到《当我们被生活淹
没：卡佛传》，我读过卡佛的作品，"为你读诗"邀请我那
次读的就是他的《雨》：

　　早晨醒来时
　　特别想在床上躺一整天，
　　读书。有一阵我想打消此念。

　　后来我看着窗外的雨。
　　不再勉强。把自己完全
　　交给这个下雨的早晨。

　　我能否这辈子重新来过？

还会犯下不可原谅的同样错误吗？

会的，只要有半点机会，会的。

　　诗中弥漫着自由放任的情绪，深深打动我，最后的决绝更让心为之一震。是的，我知道自己犯过很多错误，犯过就是犯过了，是生命的一部分，正如卡佛告诉我的，你所有的错误都是你，如果没有这些错误你就不是你了。

　　我伸手从书架上抽出这本传记，撕开包装的塑料纸，听到身后有人在说话："真狠，真狠，又拆了一本。"我的感觉微微迟钝，是说我吗？扭过头去，两个穿着工作服的年轻小伙子站在身后，说的果然就是我。我不假思索走到他们面前，说："书店里的每一种图书都应该有样书，供顾客翻阅，这正是人逛书店的意义，否则就失去意义了，是不是？"小伙甲回答我："有样书，样书都被人拿走了。"拿走？我没有理解他的回答，问："顾客该怎么办？如果我不看怎么能知道里面的内容，怎么知道要不要买？"小伙乙反驳："所有这些书在网上都可以查到。"听到他的话我一下笑出来："怎么，你是鼓励读者去网上买书吗？网上又能查到内容，又比你们便宜，那你们书店还怎么生存？"

"我们怎么样都赶不上损失，拆了塑封的书就废了，没人会买拆封的书。"好吧，你们有你们的道理，我有我的。我告诉他们："要不然你们就在所有书上都贴上禁止拆阅的标签，凡是你们贴了标签的我都没拆，我拆的是没有标签的。当然，那样的工作量太大。可我还是反对禁止拆阅。再有一点，无论我在书店看了多少本书，拍下封面准备到网上买，最后我一定会在书店买一本的，因为要支持你们。今天我会买这本书，《最后的对话》，五十八元。"我把一直拿在手上的书举起来给他们看，两个小伙子不说话，看着他们没话可说的样子我忽然感到异样，不正常，我为什么这么激动，这么咄咄逼人？意识到这点我倏地转身走开，径直走向柜台，为《最后的对话》付款。

刚刚的交锋让我把乖乖抛到脑后，现在她回来了，下一步怎么办？坐扶梯下到八层，放眼望去全是饭馆，一家挨一家，乖乖爱吃，吃是她一辈子最大的爱好，那今天咱们就看个够。看，有烤肉，烤鱼，有虾，芝士排骨，还有牛肉火锅，都是好吃的，乖乖，都是好吃的呀！我用双手紧紧搂着包，心里感觉不那么难过了。这不是自我欺骗，是实实在在的需要，我需要为乖乖做点儿什么，需要保持和她的关系，不然心里过不去。回到家，我给宠物医院的两位为乖乖看过病的大夫发了微信：杨大夫，你还记得乖乖吗？你给她看过病，她昨天走了，谢谢你对她的关心，还发了照片。杨大夫回复了：记得，希望她在汪星球没有病痛。晚上在网上搜挂坠，准备把乖乖的毛放在挂坠里，戴在脖子上，最终找到一款六角星的挂坠，下单。再一天去开《新剧本》的编委会，走在路上，手伸进羽绒服口袋摸到一沓纸巾，不需要了，再也不用捡屎了，捡屎原来是一件那么幸福的事。再一天回家给植物浇水，收拾乖乖的东西，留下她的饭盆、最后穿的衣服、梳毛的梳子，还有她唯一爱玩的小熊。满眼都是乖乖的影子，悲伤从地板、墙壁、床、柜子底下，从四面八方涌来要把我吞没，匆匆拿了几件换洗衣服，拿了装着乖乖毛毛的小盒子，锁上门回儿子家去。

现实，我完全明白现实是什么，那就是乖乖死了，我的生活里再也没有她了，而我对此毫无办法。这种无能为

力的感觉不是尖刀，而是研磨机，磨呀磨呀磨。下午儿媳
在客厅里铺好瑜伽垫，摆上不同颜色的水晶石代表七彩脉
轮，让我在瑜伽垫上躺好，开始播放颂钵。胸口悸动，顷
刻间变得非常剧烈，只听儿媳说："想哭就哭吧。"我哭起
来，"呜呜"出声，情绪冲破了闸门，我号啕大哭，哭得
忘乎所以，脸颊上感觉有什么东西，是伊娃，她在舔我的
眼泪，哦，我用双手搂住她，呜咽着呼唤："乖乖！乖乖！
乖乖……"

好　吧

挂坠到了，很小巧很合适，我为自己的选择满意，小心地把乖乖的一撮小毛毛放进去，把挂坠戴到脖子上，这样无论到哪儿乖乖都和我一起。我决定带她出门，去景山公园。坐地铁6号线在南锣鼓巷站下车，再骑单车，途经以前住过的景山后街，阳光照着马路东侧的大楼，抬头望去，那扇朝西的窗子曾经属于我。那时候我多么年轻，儿子还没有出生，一屋子青年人聚在一起说笑玩闹，时光都跑到哪去了？大楼还在，树也在，阳光依旧，生命却悄悄溜走了，仿佛被一股难以觉察的引力吸走，乖乖不也是这样被吸去了吗，我和她，我们都要去同一个地方，猛然间我想到。

景山公园的山道安装了扶手，这可太好了！我抓住扶手，充分借力，很快就爬到最高的万春亭。故宫在南，北海在西，鼓楼在北，再往北是奥运公园的"五颗大钉子"。头顶的天空蓝莹莹的，接近地平线的一圈微微泛白，一切景物都浸润在金黄的斜阳里。我从胸前掏出挂坠，和乖乖合影留念，告诉她："乖乖，你也爬了景山哪！"

太阳愈发西斜，一步步慢慢下山，尽量减轻膝盖的负重。走出景山公园南门迎面就是神武门，过马路，沿护城河向东走，结冰的河面闪烁着灰蓝色的幽光，寒气逼人。冬日的太阳下坠得真快，我走走停停，再一回头，只见太阳化作一团白金悬在神武门上。高高的城墙向西倾斜，缩小，剪影漆黑，冰面已变为暗沉的铅灰色，寒冷萧瑟的景象仿佛来自远古，有一股夺人魂魄的美。在东角楼，我站定不动，凝望着夕阳下沉，一点点被城楼挡住，最终消失不见。身边几个北京老男人在闲聊，两个年轻人支着相机投入地拍摄，三两个路人和我一样，被眼前的美景震慑，停下脚步凝望。

天色迅速暗下来，该回家了。经过沙滩老北大的小红楼，平日这条街车水马龙，此时在最后的天光映照下空空荡荡，连个人影也没有，只偶尔有辆汽车驶过，多么不可思议呀！小时候我住在张自忠路，离沙滩很近，儿子在骑河楼上小学，更近，我感觉自己正在穿越时空，既在此刻也在从前。

走到沙滩公交车站，最先来的是 101 路，终点站红庙，我上了车。暮色已浓，车里只有不多的乘客，一对和我年龄相仿的夫妻坐在对面，我听出他们是北京人，就询问要坐地铁 6 号线在哪站下车，他们告诉我青年路。不知不觉我们聊起来，年轻时他们在北京郊区插队，地点就是青年路，那时候的农田如今已高楼林立，霓虹灯闪耀。变啦，变啦，我们望向车窗外同声感慨。公交车上，和两个陌生人短短的交谈，让我感到生活的另一种温度，不再那么冰冷。我是失去了很多，但也拥有很多，乖乖并不是我的唯一。后来的几天里我又去了北海公园、颐和园，还去法源寺烧了香，在每个地方都和乖乖合影留念。行动帮我释放悲伤，或者换个说法，帮我接纳、消化悲伤……

　　接着，一场大风暴来了！

生活、写作

　　今天是二○二一年三月二十六号，距离乖乖离开我已经过了一年多的时间。在过去的日子里，新冠病毒侵入了所有人的生活，至今没有被清除。人类仍然在和病毒作战。在此期间我中断了写这本书，但生活不会中断，只要活着，每一分钟、一小时、每一个白天、黑夜都真真实实地到来，穿过我们的身体……

　　尼采曾说过一句话，大意是：凡是不能杀死我的，都让我更强壮。这话说得对，人类也正因此得以延续。经历了噩梦般的日子，悲伤、绝望，对未知的恐惧，内心的秩序在一点点回来，不时体会到一种前所未有的感觉，可以出门了，出门是那么美好，春天来了，春天是那么美好，能进饭馆了，和朋友见面吃饭是那么美好，能进剧场啦，排练、看戏是那么美好！终于轮到我问自己：怎么样，你可以继续写乖乖了吗？

　　餐桌上摞着一摞想看还没看的书，其中有《最后的对话》，一年前乖乖走时我在三联书店买的，一直没看。今天吃早饭时随手拿起它，一翻就翻到七十六页，第一行是提问者的话："据我所见，您在整个文学生涯中表现出来的是您的文学从来不曾取决于任何人而只取决于您自己。"博尔赫斯回答："就像我已经回答了那么多次的一样，哪怕我是荒岛上的鲁滨逊·克鲁索，我依然会写下去。就是说，我不为任何人而写作，我写作是因为我感到一种这样做的内在需要。这并不意味着我赞成我写的东西，可能我并不喜欢，但在那一刻我必须将它写下来。不然的话，我就会感到……不正确也不快乐，是的，感到不幸。"

感到不幸？！这句话猛地击中了我，不由沉思，像一根针挑破了脓包，挑开脑子里始终存在、难解的症结，为什么写作，目的是什么？值得吗？现在大作家博尔赫斯告诉我：值得。不仅值得，是必须，你必须写，不写是你的不幸。也就是说，没的选。心中豁然开朗。知道了，继续写，把书写完，照着它在我心里的样子完成它。

我想到一件事，前些日子我买了一把新菜刀，切菜的时候不小心切掉了半个指甲，血忽地冒出来，赶紧拧开水龙头冲水，再死命按住，再裹上创可贴，之后一夜跳疼，吃止痛片，安眠药加量才睡着觉。手指受伤，生活极不方便，每次换创可贴时都心急，指甲怎么不长呀！其实它在长，慢慢、慢慢、慢慢，残缺的指甲终于长成了完整的指甲。人是有能力自愈的，只是需要时间，想到乖乖我仍然难过，但悲伤已经不那么沉甸甸，不再压在胸口上，悄悄挪动了位置，甚至藏起来了。有一点我心里很清楚，我不属于那类悲痛至极因而不再养狗的人，也不是立时三刻就需要另一只狗来顶替、化解悲痛的人。我知道我还会养狗，但要等，等待时机到来。

回头看二〇二〇年，二月过去了，三月过去了，四月来临，我感觉心里的那根发条在一点点拧紧，疫情仍然限制着人们的生活，但可以在网上行动。我开始查各种网站、狗舍、领养渠道，看不完的信息，一通又一通地打电话，在百度地图上查好地址，确定路线，却又一次次推后，再看看，再看看……如果说狗狗是孩子，这个孩子可不是在子宫里孕育，而是散布在无边无际的空间，天知道在哪儿。寻找的过程似乎可以无休无止，但是你到底在等什么呢？我问自己，等着谁替你决断，有可能吗？

对，就是有！

儿子家楼下有个公园，四月公园里逐渐有人了，都戴着口罩，彼此离得远远的，狗狗也出现啦！每当看见一条狗的身影，我就紧赶慢赶凑上去和铲屎官搭话，你的狗狗多大了？捡的？买的？我的狗一月份走了，我还想养……铲屎官总是能理解铲屎官的，彼此的交谈让我感到安慰。五月十号，下午又去公园，远远看见两个人在遛一只小泰迪，我追过去，还是那套开场白，狗狗叫什么名字？哦，糖宝。糖宝的爸妈很年轻，爱交流，我跟着他们边走边聊，聊糖宝、聊我的乖乖，不知不觉走了一个多小时，要分手了，道别的一刻糖宝妈忽然说："阿姨，我看你特别爱狗，咱们加个微信吧。"哦，我太高兴了！

当天晚上就收到糖宝妈发的信息，是一张救助小院的名片，点开，照片上是个漂亮姑娘，个性签名这样写：繁殖猫狗的不加！我不收猫狗！我也是普通人！拒绝道德绑架。因为第二天要和儿子出去办事，所以想稍后和她联系。第二天一早出门，马路上不再空荡荡的，城市已悄悄起动，正在恢复原有的生活。手机响了，从包里摸出来一看，哇，是糖宝妈！发来她所在的狗群里的一条信息：问一下大家，我朋友家有一只六个月比熊，母犬，自己因特殊原因不能继续养了。想问一下亲们身边有没有朋友想领养狗狗的？下面有照片，是一只白色的小狗。紧接着是一条糖宝妈给我的留言：阿姨，我刚才看群里有一只六个月的小比熊想找领养，您要是感兴趣的话，我就帮您问问，然后加个微信，可以聊一下。

"天哪！"我惊喜得叫出声来，儿子正在开车，扭脸看我一眼。我来不及和他多说，立刻回复：谢谢你，帮我问问。很快就得到回复：狗狗在昌平，我刚加了这个主人的微信，我让她加您好友，您通过，以下具体你们聊吧。是这个人。

微信名：Sili，名字两旁各有一朵粉色的小花。没一会儿就收到 Sili 的信息：阿姨您好，您是要领养比熊狗狗吗？

我：你好。我的狗狗一月份走了，一直想再养一条小狗。你的狗狗多大？

Sili：您好，我家狗狗是二〇一九年十一月四号出生的，现在半岁了。小母狗。

我：能发视频我看看吗？

Sili：先给您发几张照片，视频晚上回家给您发吧，现在在上班。

照片来了，前三张是个毛茸茸的小家伙，最后一张是一只浑身光秃秃的小狗，仰着脸，瞪着一双黑黑的大眼睛。Sili 用语音告诉我，她给狗狗剃毛了，不好看了。她的话让我完全放下心来，肯定不是狗贩子，想用狗狗赚钱的人绝对不会把一只毛茸茸的狗剃得这样光秃秃的。

　　我：好的。我家在慧忠北里，大屯路。

　　Sili：哦哦，那您在五环，我在昌平宏福苑，比您靠北。还行，不是很远。您之前养的是什么狗狗啊，听话吗？

　　我：我原来的狗狗是个小串儿。十六岁四个月走的。（立刻给 Sili 发了三张乖乖的照片。）

　　Sili：嗯嗯，他吃狗粮吗？

　　我：是小母狗，吃狗粮。我的乖乖挺听话的。我也喂她吃些肉。

　　Sili：嗯嗯。我家狗狗有点黏人，她还是比较像小孩子，有时候跟孩子要吃的会不小心挠着孩子。而且大小便还不是完全在外面，大便每天早晚遛她会在外面拉，但是还不会憋小便，会在家尿。您养狗狗肯定比我有经验，我上班，没有精力训她。

　　我：我很爱狗。

　　Sili：嗯嗯，从您养了十五年就知道您肯定特别爱狗。我也是想给狗狗找个好主人，这样心里放心，本来想养她到老，但是没经验，再加上孩子还小，实在是没精力。晚上我给您发个视频，您要是喜欢，您就领走吧。

我：好的，期待晚上看狗狗的视频。

Sili：嗯嗯。

我：（用了语音）非常希望有这个狗缘，她叫什么名字呀？我原来的狗狗叫乖乖，她叫什么，这个小家伙？

Sili：嗯嗯，希望有缘分，她叫球球。

我发了一朵花。她回了我两朵花。我又发过去一张照片，照片上乖乖和我躺在被窝里，脸贴着脸。我说：乖乖走了我非常想她。

Sili 立刻回复我两个拥抱的小人。

这天是二〇二〇年五月十一号，从前一天加了糖宝妈的微信到这只叫球球的小狗出现，不过半天时间，谁敢不相信缘分，除了缘分还有什么别的话好说。也许有，那就是天意。天意的意思是高于人的外力的安排，缘分是人与人之间的事儿，我跑着追上糖宝，糖宝妈的热情，都是缘分的组成部分。这么一想，所谓的缘分其实基于我们的身心早已做好了准备，我们是这样的人才会遇到这样的事儿。那么，也许我们一辈子都在默默准备，也许并不自知，直到机遇来临。

　　糖宝妈之前告诉我还有别的人也想领养这只小比熊，但我并不担心，因为我很确定 Sili 要给她的狗找一个爱她的主人，而我绝对就是那个最让她放心的人。下午在网上下单买了一副门栏，准备装在厕所门上，汲取乖乖的教训，一定要训练小狗定点撒尿，同时还订了狗尿垫和狗粮。我的感觉没有错，晚上刚吃完饭就收到 Sili 发来的三条视频，第一条视频里小狗球球一个劲儿往 Sili 腿上扑，突然一转身钻进沙发底下不出来了。再一段只有十秒钟，狗狗从沙发底下露出脑袋，Sili 叫道："出来，出来！"狗狗猛地蹿出来，只听 Sili"哎呦"一声惊呼，手机黑屏了，看来是翻了个个儿，还好没掉到地上，因为狗狗又七扭八歪地闪现了两下。接着 Sili 用语音和我说狗狗太活泼了，和孩子抢吃的，几次把孩子划伤，家里的老人很有意见，不愿意养。又说狗狗还小，不会憋尿，会在家里拉撒，泪痕也有些严重，我愈发相信她是真的对狗负责，把坏话说在前面，以保证找到真心爱狗、不离不弃的主人。我回答：好活泼的小家伙，我想当她的主人。

　　接下来就是具体事项了。我告诉她我要训练狗狗在厕

所撒尿，已经买好门栏，物流已发货，后天到，问她什么
时候合适去接狗狗，还问狗狗是否打了疫苗。Sili 回复说
她是个护士，疫苗是自己给狗狗打的，发来疫苗记录本的
照片，还告诉了我她的名字，我说那我就叫你小冉吧。

护士小冉，也就是 Sili，周一到周五都上班，我们商
量好星期五晚上去接球球。小冉又说：阿姨，咱们之间一
直保持微信联系，以后我要是想球球你给我发段视频，我
看看她过得怎么样。

当然，那还用说。

虽然没见面，想不出小冉的样子，可她的话语、平和
又微微干脆的语气都让我信任她，甚至喜欢她，也愈发觉
得自己真幸运。

五月十二号狗尿垫到了，拍照发给小冉。阿姨您太迅
速了，一看就有经验。小冉回复。五月十三号门栏到了，
和儿子说好明天来帮我安。随后狗粮也到了，也拍照发过
去。太棒了！小冉回复。十四号她发来语音，告诉我她会
把笼子、狗食盆、推子、梳子都给我，狗窝有点儿脏了，
就不拿了。我请她拿一个狗狗的玩具，想的是到了新家狗

狗有熟悉的味道会心安一点儿。

万事俱备，正在这时风筝打来电话，从我说还要养狗她一直帮我打听、留意，听说我要领养球球她高兴极了，立刻说星期五她和王琪陪我一起去接狗。事情真是好得不能再好。

星期四儿子来帮我安好门栏，在网上订的羊奶粉、钙片陆续到货。我打算就用乖乖的狗链，却找不到了，怎么可能？！我把狗链、食盆、两件衣服还有她的小白熊一起收好，这印象毋庸置疑，但找来找去就是不见狗链，最后不得不相信见了鬼了。赶紧在网上订，同时给小冉发信息，叮嘱她记得带上球球的狗链。下午又去附近的宠物医院咨询打疫苗的事，回答是需要给狗狗做个抗体检查，问能不能洗澡，回答是狗狗到新环境会紧张，先不要洗。

晚上我在沙发上坐着，屋子里那么安静，一点儿声音都没有，光溜溜的地板反射着灯光，乖乖就趴在那儿，那是她最后的影子，泪水瞬间盈满眼眶，我心里想……不，我让自己开口，大声地说出来：“乖乖，你很长寿，过了幸福的一生，很好很好了。”说完站起身，挥走影子，用一种心领神会的方式送乖乖远去。

星期五下午手机上蹦出小冉的信息，心里不由紧张了一下，怕有变化，确实有变化，小冉说她丈夫下班晚，把见面时间从七点改成八点。没问题。

风筝和王琪到了，想到要装笼子，开了一辆七座的商务车。我们上路时天已经黑了，很快开上京藏高速，因为有两个年轻人，我完全不担心如何找到约定地点，要是我自己开车真不知多焦虑呢。半个多小时后下了高速，在岔路口右转向东，路灯下的道路空无一车，只有我们，两侧是高大的树木，四下是黑黢黢的田地，又开了一会儿渐渐看到灯光和建筑，这时导航显示路两旁出现的楼群就是宏福苑，好大的社区，可是南门在哪儿？给小冉打电话，她告诉我们因为疫情小区不允许非住户进入，只能在路边见。继续向前开，街边出现一排亮灯的店铺，金手勺、佳美口腔，停下车再给小冉打电话，她说知道我们停车的地点，让我们等她。我带了"赛百味"、酸奶给风筝他俩当晚餐，我什么都吃不下，既兴奋又紧张，这是真的吗？她就要来了，成为我的孩子，她是谁？

球乖乖

　　车停在店铺前的一块空地上，空地被广告灯照亮，四周格外黑暗。我们在车里等待。我心想，狗狗会从哪儿出现呢？又想，管他，反正一定会出现。而她出现的那一刻我没有看见，感觉黑暗里有位魔术师，伸手从空气里一抓，一个白色的小影子凭空现身在光亮中！我怎么没想到把手

机准备好，拍下这奇迹发生的场面呢？！不过没关系，那
情景已经在我大脑里刻录下来，永久存储，播放时长大约
十秒：一条白色的小狗扬着小脑袋，剃了毛，瘦溜溜的，
一点儿也不知道要发生什么，毫无惧色，被夜晚的灯光吸
引，活泼泼地走来，随即出现了牵着她的姑娘，接着是一
个提着笼子的青年，然后是我欢喜的惊叫声："啊，来啦！"

　　我们仨噼里扑噜下车迎上去。小冉是个长得很好看的
姑娘，我喜欢她的样子，她丈夫戴着口罩，只能看到眼睛。
彼此打了个招呼，来不及寒暄我就弯身把小狗从地上抱起
来，她并没反抗，没挣扎也没叫，只是在我怀里扭动，脑
袋向小冉伸过去，我更紧一点儿地搂住她。来之前我把想
问的问题记在一张纸上揣到兜里，这会儿却找不到了，好
在大家都是养狗的人，有问有答很顺畅。小冉介绍说球球
一天喂一次，今晚已经吃过了，白天他们两口子都上班，
家里老人不喜欢狗，球球是关在笼子里的。我不需要笼子，
但还是接下来。除了笼子还有一个大纸袋，里面装着球球
用的所有东西，狗粮、狗链子、狗食盆、一瓶除味剂、小
玩具。小冉告诉我看到我发的和乖乖的合照她都哭了，相

信自己给球球找到了一个负责的好主人，她很放心。有个问题我一直没弄清，该不该给钱，询问领养过狗狗的朋友，回答说如果对方没有提就不需要，我就买了三大盒费列罗巧克力给小冉两岁的女儿。她女儿回老家了，明天一早他们夫妻要开车去保定接女儿回来，所以没有多耽搁，该问该交代的说完我们就互相道别。

把笼子放进车里，三人上车，"砰"地关上车门，引擎"突突突"发动。我怀抱着球球，全部的知觉都在感受她的感觉，知道吗，小家伙，咱们走了，你要去一个新家，生活要改变了。她的小身体绷得紧紧的，使劲儿扭过头去不看我，我明白她对自己的处境感觉多不安多紧张，就不停地叫她："球球，小球球，小宝贝……"语调极尽温柔，"小球球不怕，不要担心，我是妈妈，懂吗小球宝，妈妈带你回家……"说着说着我感觉到她一点点放松下来，身子渐渐软下来，然后把小下巴搁到了我的臂弯里，哦，多么神奇的一瞬，整个世界变得无比柔软。

半个多小时之后我们到家了，进门直接把球球抱到厕所，关上门栏。厕所地上铺满狗尿垫，这回我是下定决心了，狗狗必须学会在厕所撒尿。风筝带来了羊奶，倒进食盆里，用的还是乖乖用了十几年的食盆，小球球立刻把羊奶喝光，又给了她狗粮，也立刻吃光。

"哟，喝完了，没喝饱。"风筝拍下视频，说话的是王琪。我多么感激他俩，陪我去接狗狗，又为我留下小视频。

最后，只剩下我和狗狗了。小球球没有四处寻找熟悉的人，也没有对陌生的环境表现出不安，她一声不吭地卧着，很安静，不知是不是胆怯，或许是拘谨。我坐到地上，把她夹在两条大腿间，轻抚着和她说话，一会儿工夫她自己就翻过小肚子面朝我了。我继续摸，她开始不安分，露出本色，既不胆怯也不拘谨，从我腿上蹿到地上，蹦来蹦去，一股劲儿地咬我的手指头，忽然小屁股一沉，尿啦，尿在尿垫上啦！我欣喜万分，赶紧用准备好的零食奖励，同时语气夸张地连连赞扬。继续陪她在厕所里待着，越看越觉得她一身灰乎乎，很脏，克制不住地想给她洗澡，不再犹豫，说洗就洗。还好，有点儿小挣扎小混乱，但完成了。擦干，吹风，又给她喝了羊奶，然后她睡在小窝里，我拍了视频发给小冉。

　　有件事我早就决定了，我的狗狗一定还要叫乖乖，就是说球球要改名字，她才六个月，我相信没问题，办法就是不断地叫她球球乖，乖乖球，球乖乖……慢慢来。已是午夜，该睡觉了，在厕所里开一盏小灯，我关上门栏，小家伙立刻"啾啾啾"叫起来，预料之中，我用严厉的声调对她说："不许叫！再叫打了！"她竟然很听话，没有再叫，静静地在她的小窝里睡了。我也顺利地上床睡觉。早上被"啾啾"的叫声吵醒，欠身看一眼床头柜上的钟，五点半，爬起来去厕所查看，哇，小乖球又在尿垫上尿了，奖励奖励。回到床上接着睡，六点半又被叫醒，原来是拉屎了，再奖励。再回到床上。这次小乖球"啾啾啾"叫个不停了，怎么办？我可不想以后每天早上五六点钟就被闹醒，必须让她养成晚起的习惯，那么只能咬牙不理睬。小家伙性格不错，不固执，又叫了一阵儿看没人理也就不叫了。其实我也没有再睡着，只是坚持躺在床上不动，和自己说：等会儿，等会儿，再等会儿，一直坚持到差五分八点。度过第一夜，我和毛孩子成功迈过新生活的门槛。

　　上午带小乖球去医院，虽然小冉已经给狗狗打了疫

苗，可我想更保险。抽了血，检测抗体，半个多小时结果
出来了，抗体合格，不用补打疫苗，拿了驱虫药片和益生
菌回家。午后我照旧躺在沙发上休息，小家伙跟着蹿上身
来，连滚带爬，一串没头没脑、动机不明的动作看得我发
笑，忽然间我发觉自己在哈哈大笑，开怀大笑，气息贯通
全身，好畅快啊！我有一个新发现，人长着一双手，十个
手指头，它们有数不尽的用途，但有一个用途肯定很多人
不知道，就是被咬。十个手指头肚圆鼓鼓的，很 Q 弹，正
在长牙的小狗咬哇咬，怎么都咬不够，好，那你就尽情地
咬吧。后来小家伙终于玩儿累了，躺到我的肩膀上睡着了，
黑黑的小鼻头杵着我的脖颈，我们俩一起眯了一觉。吃完
晚饭我抱小乖球下楼，在小区转了一圈，让她熟悉熟悉环
境，因为买的狗链还没到，所以我不敢放她下地。晚上接
着看英剧《幸福谷》第二季，拍得非常精彩的英国警探剧，
小乖球趴在我身边，我的一只手下意识抚摸着她，摸着摸
着心忽然有所动，不由扭头看看屋里，餐桌在身后，钟在
墙上，书架、茶几、地毯都在，没有变，一切都在原位，
空气中却有一种新的小分子在颤动。是的是的，又要煮鸡

胸肉，煮胡萝卜，洗澡吹毛，收拾屎尿，生气，大笑，出门惦记回家，因为有个毛孩子在等着我，就是说，生活重新开始了。

据说比熊的聪明程度在狗界排名第四十五位，那又怎么样，六个月的球球很快就知道自己身份已变，不再是球球，变成乖乖了。偶尔我小心地试探，叫一声"球球"，她扭过头来，似乎有点儿疑惑，又过了一段时间我再试，她像没听见一样，球球？关我什么事儿。

两个乖乖是多么不同啊，性格简直天渊之别。小乖乖热情、亢奋，和喜欢她的人很快热络起来，求抱抱，什么都吃，黄瓜、白菜、土豆、红薯，小牙齿咬苹果发出清脆的"咔咔"声，听着无比治愈。和伊娃一见倾心，无限爱，伊娃也爱她，一大一小在儿子家里旋风般追逐打闹，闹翻了天，玩累了并排在沙发上歇息，小脑袋紧紧抵着大脑袋，看着她俩相爱相杀我心花怒放，如此简单而纯粹的快乐可不是金钱或成功能带来的。拜狗所赐！

事实上狗也可以为我们做证。证明什么？人是自私的，渴望拥有，不管狗狗是喜悦地跳脚，在你身上蹿上蹿下，还是一动不动，长久地保持着一个姿势看着你，或是平展展趴在地上，像条狗皮褥子，你都知道他是你的，毫无保留。但同时狗需要人喂他们，遛他们，随处捡屎，陪他们玩，洗澡，剪毛，病了要花钱看病，细心照顾，做这一切狗狗不能给人一分钱回报。所以完全可以相信，人不仅有物质上的欲望，还有一种高于一切的渴求，那就是被需要，我们需要被需要，我们心甘情愿付出，甚至不觉得是付出，是的，毫不计较。

　　有时候我对自己置身的这个世界感觉不好，喧闹，太多利害，而狗不追求权势、富贵，和主人之间的关系无比单纯，没有一丝虚伪，在狗狗面前主人不用戴任何面具，做任何事都不担心被评判。我甚而相信狗狗让我们保留住心中的真诚，和狗狗相处人会变得更善良些。

　　又是一个明月夜，铜盆大的月亮在空中高悬。我把家里的灯都关了，抱着乖乖坐到窗前的沙发上。屋子里黑黢黢的，地板泛着幽光，明晃晃的月光从敞开的窗子照射进来，小乖乖毛茸茸的身子吸收了所有的银辉，我就像怀抱着一个雪白的光团，这感觉真神奇。我仰头望向窗外，夜色凝固不动，侧耳谛听，多安静，一丝声音也没有，哦不，等等，冥冥中有个声音在悄悄问我：现在你是一个人，孤独吗？我坦诚地回答他：一点儿也不。真的？他追问道。我说是真的，因为世间万物既和我没有关系，又都属于我。这个回答大概让他满意，就此万籁寂静，一切都沐浴在月光下。

乖 呀 乖

想　念

　　在微信朋友圈里发现一条信息，定睛一看是"彩虹星球"小王："彩虹星球"店内现已设置祈福墙，各位主人可以将您想要对毛孩子说的话转告给我们，我们非常乐意代您亲手写上思念与祝福。如果您希望亲自执笔，"彩虹星球"随时欢迎您的到来。哇，真好！我立刻写下我想说的话，发给小王。

"乖乖，我亲爱的宝宝，妈妈永远爱你。"

第二天小王就给我发来照片。在乖乖的照片下面挂了一张祈福签，上面写着我对乖乖说的话。照片是乖乖离去不久小王向我要的，早就挂在墙上了。疫情初期张越曾打来电话，说她朋友的狗狗走了，询问"彩虹星球"还开不开，那时候当然关门了，张越不由感叹，幸亏乖乖走得早，不然可真没办法。疫情之后剧院重开，去天桥艺术中心看戏又遇到张越，巧的是我俩座位挨着，聊起来。她问我最近是否在写什么，我说在写乖乖，还写到她那次在看戏的路上救猫，我心里的佩服，因为我绝对做不到。她看着我，认真地问："你害怕吗？""是。"我回答得很肯定。她毫不犹豫地说她也怕，她以为是收尸，可伸手去抱的时候那只猫一激灵，动了。又问我："你是写一篇文章吗？"我说不是，是写一本书。张越的脸上露出惊喜的神情："啊，乖乖真幸福，你给她写一本书啊！"

听她这么说我微感惊讶，此前写《你和我》心里确实有强烈的动因，是为了妈妈，可我从没想到写这本书是为乖乖，老实说是为自己，完全是我自己的需要。当最终写完《你和我》，我耗尽心力，身体像被掏空。人处于全心投入的状态太久了，一旦终止很迷惘，早上起床后甚至不知道还能干什么。当然我是个现实的人，知道自己可以继续写，写别的，想不到的是经历了以真实的内燃的方式写作，我对虚构失去了兴趣。这种感觉如何形容呢，想来想去可以用爱情比喻，拥有过生死恋，其他恋情会显得轻飘，不再诱人，从中难以获得充分的情感满足。那么怎么办？混日子很容易，以至于无法觉察，却也无法忍受。雷达一直自动开启着，搜寻着，却只有一个亮点，那就是乖乖，我的毛孩子，再无其他。于是我开始写一条狗，也写了逝去的和仍然生活着的人，从二〇一九年初夏开始写，每天写一点儿，中断又重新开始，日子就这样一天天过去。前些时候看到一个视频，拍的是画家刘小东在上海尤伦斯的个展"你的朋友"，画家说他感激绘画，绘画使时间对他变得有意义，还说不要着急，这个东西就像呼吸，慢慢呼慢慢吸，能够帮助你杀掉一辈子的时间。他说得真好！我希望写作对我也能有如此恩惠。

如今乖乖的照片摆在床头柜上，每晚睡觉前都看看她，也不是每晚，有时也不记得，但上床的时候随意一抬眼总会看到。装了乖乖毛的小挂坠现在不再戴了，因为我实在不习惯佩戴饰物，这辈子都不戴，就把它放在床头柜的抽屉里。抽屉里还放着两张狗证，老乖乖和小乖乖的，还有她俩的动物健康免疫证。我打算给小乖乖做绝育，目前还没有实施。书房的柜子上摆着灰色的骨灰罐，旁边有一朵莲花，虽然不是真的，但很好看，供着乖乖。有天我意外发现骨灰罐上落了一层灰，心想真糟糕，赶紧去拿毛巾，把罐子捧在手里轻轻擦拭，胸口一热，泪水盈满眼眶。

二〇二一年五月，朋友老冯的木耳走了，她和家人在院子里埋葬了十五岁的毛孩子，四周摆满花盆，点起蜡烛，照片里老冯失去了平日的神采，一脸憔悴，在微信里她写了一句话：无法忍受的悲伤。随后她发来一段信息：在巴黎西郊，有着世界上第一座宠物墓地，至今已有一百二十二年历史，埋葬了近四万只小动物。六月，收到老冯的一条小视频，她怀里抱着一只小狗，美滋滋笑着："看看，看看我们的小银耳，我们三月二十三号生的，还不到三个月哪。"我真为她高兴。

　　上午去厨房倒水，透过窗子一眼看到灰灰趴在楼下的石板路上，肥墩墩的一坨，B女士穿着一身运动服，大概刚去喂完流浪猫。她回头招呼灰灰，灰灰却趴着不动，她走回到灰灰面前和她说了什么，灰灰还是不起身，B女士于是放弃，站在灰灰身旁，踢腿扭腰，锻炼起身体来。我又看了一会儿，心里笑了。又一天正在电脑前打字，小乖乖突然兴奋地连声尖叫，没得说，楼下一定有狗经过。这事儿简直不可思议，门窗紧闭，她既看不见也听不见是怎么知道的哪！我立刻起身走向窗子，果然咖咖、啡啡一前一后从灌木丛后面走出来，咖啡妈紧跟着也出现了，穿戴得还是那么整整齐齐，带点儿俏丽，一人二狗慢悠悠走过，走远。好久没有遇到他们了，祝愿一切安好。

　　八月二十三日，风筝在微信朋友圈里发了一组可爱的照片，原来她和王琪在老家登记结婚了。风筝头上随意地戴着一块小小的白色头纱，两人穿着日常的衣服，牵着狗儿子，照片下面的一行字是：屎墩儿小朋友的生日，这天我们合法了。哈，他俩选了个好日子，毛孩子过生日铲屎官结婚，双喜临门。铲屎官哟铲屎官，我能明白你你也能明白我，谁让我们今生今世选择了狗狗。

下单买了《寻找 Gobi》，这本书讲述的故事我早就知道。英国人迪恩参加在新疆戈壁滩举行的超级马拉松巡回赛，赛程第二天出现了一只流浪的小狗，仿佛是上天的安排，小狗再也不肯离开他，跟着他一起跑过二百五十公里的终点线。迪恩决定收养小狗，起名"戈壁"，经历种种曲折后他终于把戈壁带回英国的家里。一个奇迹般的故事讲的却是古老的道理，命中注定。确实，我们和毛孩子没有血缘关系，为什么是他或她？不必问，就让我们拥抱这个命中注定吧。在网上我认识了许许多多的狗和他们的铲屎官，浪浪、富贵、B 仔、汤圆、棕熊……各位，我问你，当狗狗看着你，跟着你，凑近你，被你拥入怀中，你就知道了就是他，对不对？于是你带毛孩子回家，他们可真闹，乱尿、拆家，让你崩溃，在外面疯跑，喊破嗓子也叫不回来，追得你要犯心脏病，但是有一点绝对肯定，你从不怀疑他背叛你。你对朋友的怀疑也许对也许错，爱人情人也一样，也有可能背叛，只有狗狗，无论何时，一生一世，你不会怀疑他们。天下的铲屎官都认为自己的毛孩子好，特别好，最好，且他们都是对的。因为无须其他标准，无须任何人评判，谁说了都不算，我们自己说了算。我们对狗的赞许和喜爱不是因为他们做了这个或那个，只是因为他们存在。

我和你

　　早晨一打开窗子就听见小鸟在树上"叽叽喳喳"叫，没有什么比这声音更悦耳了，哦，又听到一个更美妙的声音，布谷、布谷、布谷……是布谷鸟！这可是在高楼林立的大城市呀。我试图判断布谷鸟的叫声从哪个方向传来，却难以断定，听它不远不近一声又一声地叫，说不清心里

为什么觉得这么高兴。小鸟的存在对我的生活有什么实际
用处吗，想想似乎真没有。我居住的北京城就像一张大
饼，越摊越大，大自然被推得越来越远，几乎被遗忘，而
鸟儿的叫声会提醒人天空和树木的存在，还有森林、远方、
非洲草原上的狮子、长颈鹿，北极的白熊，海洋中的虎
头鲸……

　　不久前读完美国作家安妮·普鲁的长篇小说《树民》，
在这部史诗般的著作中她写了生活在原始森林中的部族，
一位老人梭赛普说："我们必须把米克马克人的世界清晰地
保留在我们的头脑和生活当中——在那样的一个世界里，
我们，还有植物、兽类和鸟类全都同样是人，一起生活并
互相帮助。我们必须在头脑里时时更新并敬畏这一景象，
使之可以抵抗那种侵蚀性的外在力量。不然，我们便无法
将他长怀心中。"

　　好一个长怀心中。世上有多少美好事物值得如此对待，
婴儿的微笑，被窝里爱人的体温，布谷鸟的鸣叫，当然，
还有狗狗那纯洁的注视。简单吗？对，一点儿不复杂，只
需要感觉和记住罢了。

　　二〇二一年夏日的一天，燠热的白天过后雨终于下来了。巨大的闪电发出炫目的光照彻所有景物，在闪电和雷声之间有一个停顿，死寂的黑暗，随即的炸雷让天地震颤。大自然不可想象的能量令人振奋又微微惧怕。我抱紧乖乖站在窗前，看闪电在天空中狰狞地狂舞，听雷声隆隆，窗外的世界从黑暗里一次次跃出，我看得入迷。而乖乖，简直不可思议，她竟然无所谓，平静甚至有点儿无聊地看着窗外的雷雨。我看看她，再看看她，没错儿，她一点儿不害怕，于是我像吃了一颗定心丸，扭头望向窗外，多么好，多么壮丽的雨夜啊！

　　一切都会过去，我知道。雨终究会停，月亮会露出银白的脸辉耀大地。自然，后面还有漫长的日子，一个个夏天在等着我，也等着乖乖。看，此刻她微微扬起小脑袋，电光映出可爱的侧脸，她是那么乐观，无所畏惧，脑子里突然冒出一个念头，真想为她、为狗狗作一曲咏叹调：雷啊，电啊，闪亮的大雨，乖乖啊乖乖，我听到了，听到你们的声音，你们一起在说一句话，万物各归其位，万物各归其位。

我和来来

爱睡床头

洗香香

出门喽

走了，就像睡着了

我和小乖乖

图书在版编目 (CIP) 数据

乖呀乖：为爱狗的你和我 / 万方著. — 北京：北京十月文艺出版社，2022.9

ISBN 978-7-5302-2237-9

Ⅰ．①乖⋯ Ⅱ．①万⋯ Ⅲ．①散文集—中国—当代 Ⅳ．① I267

中国版本图书馆 CIP 数据核字 (2022) 第 078734 号

乖呀乖
——为爱狗的你和我
GUAI YA GUAI
万方　著

出　　版　北京出版集团
　　　　　北京十月文艺出版社
地　　址　北京北三环中路 6 号
邮　　编　100120
网　　址　www.bph.com.cn
发　　行　新经典发行有限公司
　　　　　电话 010-68423599
经　　销　新华书店
印　　刷　北京盛通印刷股份有限公司
版　　次　2022 年 9 月第 1 版
印　　次　2022 年 9 月第 1 次印刷
开　　本　880 毫米 ×1230 毫米 1/32
印　　张　8.5
字　　数　121 千字
书　　号　ISBN 978-7-5302-2237-9
定　　价　49.80 元
如有印装质量问题，由本社负责调换
质量监督电话　010-58572393

乖呀乖

——为爱狗的你和我

万方 著

北京出版集团
北京十月文艺出版社